コースアゲイン

北方謙三

集英社文庫

コースアゲイン　目次

風の中の少女 9
カウンター 23
三年後 37
ヒラメ 49
爪 61
高速道路 75
過去の音 87
原則 101
晴れた日 115
きのう釣った魚 129
理想的な生活 141

パーティ会場　153
性　分　167
霧の中　181
登場人物　193
ゲーム　207
機上にて　221
既視感　235
男の小道具　247
燐　光　261

解説　吉田伸子　273

本書は二〇〇五年八月、集英社文庫として刊行されたものを再編集しました。
単行本　二〇〇二年七月　集英社刊
初出誌　「青春と読書」二〇〇〇年一月号〜二〇〇一年八月号

コースアゲイン

風の中の少女

1

船内の気圧計が異常を示していた。

しかし、まだ強風域には入っていない。穏やかとは言えないものの、危険を感じるほどの海ではなかった。

そして、魚はまだいるのだ。この二時間で、一メートル近い鰆(さわら)を一本と、鰤(ぶり)を三本、それから鯖(さば)を十本近くあげていた。

鮪(まぐろ)が来る、という予感が私にはあった。

そんな予感は当てになりはしないが、無視しても釣りにはならない。船速を七ノットほどにあげ、私はツナタワーに攀(よ)じ登った。船は船上建造物のないオープンタイプと呼ばれるもので、キャビンやバース、それにトイレやギャレーも船体の前半分に収められていた。操縦席は中央で、航海計器などもそこに備えてあるが、視界を確保するために充分な高さがあるとは言えない。それでアルミ製の櫓(やぐら)を組み、その上でも操船できるようになっているのだ。ツナタワーの上にあるのは、スロットルとクラッチのレバー、両舷エンジンの回転計、コンパスと舵輪という、必要最小限のものだった。そこに登れば、揺れは大きいが、フライブリッジ艇よりずっと視界はよかった。

デッドスローが六百回転で、二百回転あげるとほぼ船速が二ノット増す。高回転域での増速はもっと大きいが、千二百回転まではそんなものだった。

トミーが、気象ファックスを口にくわえ、ツナタワーの梯子を登ってきた。

「大した低気圧じゃないけど、前線を突っ切ることになりますぜ」

私は、気象ファックスの等圧線をしばらく見ていた。私がむかおうとしている港までは、かなり強い風を受けながら走ることになる。

「あと三十分だ、トミー。その三十分を後悔しながら、えんえんと走ることになるかもしれんがね」

時化た海では、スピードはあげられない。おまけにむかい風となると、眼の前の島が二時間経っても近づいてくることがなく、進んでいるのかどうか疑いたくなってくるのだ。

しかし、魚はいる。鯖の群れがいたので、それを捕食する鮪もいる可能性が高い。

「まあ、あと三十分で、もう一回ぐらいヒットする、と俺も思いますが」

船速を七ノットにあげた時点で、私が狙っているのが鮪だと、トミーも理解しているはずだった。海の経験はあまりないが、釣りは大好きというクルーである。今年でちょうど二十歳になり、あと四年は大学にいるつもりだと言っていた。クルーのアルバイトは、両方に好都合なのだ。

　風が出てきて、海面が波立ってきた。

　ヒットしたのは、ちょうど三十分経ったころだった。リールのクリックが鳴り、それに飛びつくトミーの姿が見えた。私は、ツナタワーの梯子を、滑るようにして降りた。百メートルほどラインは出してあったが、それは海面を走るのではなく、下にむかっていた。下にむかって潜るのは、鮪の特徴である。カジキなら、海面を走る。

「トミー、デッドスローだ」

　私は、ロッドを抱えこんで叫んだ。

　リールのドラッグを少し緩める。あまり強く締めていると、ラインがもたないからだ。十分ほど、やり取りをした。波が、さらに高くなっている。完全に強風域に入ったようだ。時々船がぶられていて、震動で躰が浮きそうになった。

　私は、ドラッグを締めつけた。魚の動きが止まり、引き合うという状態になった。もう少し魚を疲れさせた方がいいのはわかっていたが、海況がそれを許さなくなっている。私は、徐々にラインを巻き取っていった。ラインが切れるかどうか、きわどいところだ。魚はまだ元気で、巻き取るには相当の力が必要だった。ラインが切れたら、魚は鉤を口にかけたままになる。ステンレスだとそのまま死んでしまうので、鉄製の鉤を使っていた。それだと、一週間ほどで錆び、ぽろりと魚の口から落ちると言われている。

　全身に汗が噴き出してきた。息もあがってくる。眼に入る汗を、トミーが汚れたウエスで、拭う。それに文句も言っていられなかった。この力であまり時間をかけると、ナイロンモノフィラメントのラインは、伸びきって切れてしまう。

　ようやく魚が海面近くまであがってきた時、私の肩から腕にかけては、痺れたように感覚がなくなっていた。

「やっぱり鮪だ。二十キロ以上はありそうですよ」

　ギャフを構えたトミーが、暢気な口調で言った。もうひと踏ん張りだった。私はロッドを立て、声をあげながらラインを巻いた。ルアーがついたリーダーをトミーが摑み、素速くギャフをかけると、呆気ないほど簡単に船上に鮪をあげた。トミーは軍手をした手で鮪を押さえこみ、ベルトにつけたケースからナイフを抜くと、鰓の横を刺した。尾のところにも、切れ目を入れる。これで魚の血は抜けるのだ。

　血で赤く染った後部甲板を、海水ウォッシャーでトミーがきれいにした。その時私は、もう舵輪に取りついていた。波高は二メートルから三メートルになっている。

　千四百回転ほどでしばらく走ったが、ついに耐えきれず、減速した。眼の前の島影は、まったく近づいてこない。おまけに、雨まで降りはじめた。

　レーダーとＧＰＳに頼るしかなかった。波で振られるので、コンパスは目まぐるしく動く。

「後悔してますか、もう？」

「してるな。いつも同じことだ」

波が来て舳先（へさき）が持ちあげられ、落ちる。その瞬間にスロットルをわずかに戻す。それで、船底が海面を打つのが、なんとか防げる。

「時化るとわかってたのに、どうしてこうなんだ。たった魚一匹のためだぜ」

「だけど、もうちょっと強烈な低気圧だったら、船長も早々に避難したでしょう。中途半端なやつが多すぎるってことですよ。おまけに、雨の情報はなかった。気象ファックスも、当てになりませんね」

トミーの欠点は、お喋（しゃべ）りなことぐらいだった。時化でも、度胸は据（すわ）っているように見える。喋ることで、気を紛らわせるというのでもないのだ。うるさいと感じた時は、私は返事をしない。するとトミーは、ひとり言のようにぶつぶつとなにか言っている。

四十五フィートの船体が持ちあげられ、波の谷間に落ちた。日本の海況では、波と波の間に落ちないためには、五十フィート以上の長さが必要だと言われている。

雨で、波の状態がよく見えないので、しばしばまともな横波を食らう。

「まったく、魚一匹のために」

トミーが呟（つぶや）く。煙草（タバコ）を喫（す）いたい、と私は思った。こんな状態では、港に入るまで無理なことはわかっているが、そうなるとますます喫いたくなってしまうのだ。

ようやく島が風を遮る海域に入ったのは、三時間以上経ってからだった。

港に入ると、嘘（うそ）のように波は静かになった。防波堤に打ちつけた波は、白い飛沫（しぶき）をあげている。

「松栄丸に抱き合わせできますよ」

安爺（やすじい）の船だった。無線で入港許可は取ってあるが、プレジャーボートが岸壁を占領して、いい顔をされることはない。

松栄丸に近づくと、なにか作業をしていたらしい安爺が顔を出し、舫（もや）いを取ってくれた。

2

翌日は晴れたが、まだ風が強く、出港する船はいなかった。

発電機はかけたままだから、キャビンはエアコンが効いていて、湿気も少ない。清水を補給した。きのう、温水器を作動させてシャワーを使い、タンクがほとんど空になっていたのだ。

朝食は、私とトミーは別々だった。トミーは卵とハムを焼き、さらにチーズを載せたものをレンジで加熱し、オープンサンドを作っていた。私は、きのう作っておいた締め鯖とビールである。朝から酒を飲みたがる私を、トミーは軽蔑している。それだけはやめてくれと、一度だけ頼まれたこともあった。

　私は鯖を食いながら、後部甲板に携帯用のガスレンジを出し、塩をした鰤のカマのところと、鮪の腹を薄く削いだものを焼いた。

　鮪は、二十二、三キロはあったが、まだメジと呼ばれる子供で、本マグロに成長するまでにあと二、三年はかかる。

　きのうの釣果のほとんどは、漁協に持ちこんで、引き取って貰った。金は受け取らない。係留料というわけで、だからこの港で私の評判は悪くなかった。

　十一時を回ったころ、安爺が一升壜をぶらさげてやってきた。今日一日は、船は出せない。明日になれば高気圧の圏内に入り、多少の余波は残っているものの、船は出せるはずだった。

「安爺、鰤のカマが焼けるところだ」

「ふん、漁師に魚を食わせようってのか、おまえ」

「焼きあがる、と言っただけだよ、俺は。食わせるとは言っちゃいない」

「まあ、食ってやってもいい」

　安爺との会話は、いつもこんなふうだった。この島で、十四歳の時から五十年漁をしている男だ。

「その酒、飲んでやってもいいぜ」

私はもう、朝食と昼食が一緒になっていた。

トミーは、清水を運んできては、潮を被った船体を洗っている。そういうところは、得難いクルーだった。

紙コップに、安爺が酒を注ぐ。私はギャレーから、皿と箸を持ってきた。

「食えるだけ、幸せだと思え」

「俺が釣った魚だぜ、安爺」

「誰が釣った魚であろうとだ」

「まあね。海の恵みに感謝して、乾杯でもするか」

「おまえと、乾杯なんかしたくねえよ。海の恵みなんて言うやつとはな。海が、なにを恵んでくれたってんだ、え？」

「魚」

「その分、人の命も奪ってるぞ。おまえは、きのうの時化で死ねばよかったんだ」

安爺が、不精髭の生えた顎をちょっと撫で、紙コップの酒を呷った。髭は、ほとんど白く見える。髪も、半分以上は白い。

安爺は、海で死んだ人間を、何人も見てきたはずだった。自分が死ぬと思ったことも、多分あるのだろう。

「おまえは、いつも甘いよな。ほかの漁船は三時間も前に帰ってきてる。三十分の差が、三時間になって、しかも苦労する」

安爺はコップを呷り、カマの塩焼に箸をのばした。安爺の機嫌が悪くても、私はあまり気にしないことにしていた。釣りのポイントだけでなく、海のことについて安爺にはずいぶんと教えられている。

ほんとうは、機嫌がよかった。一升壜が半分空いたころから、安爺は笑いはじめ、安心したのかトミーも加わってきた。

一升壜が空いた。安爺は、まず自分の船に乗り移り、それから岸壁にあがっていった。腰につけているらしい鈴が、小さな音をたてた。

夜になって、安爺の孫娘が船にやってきた。まだ中学生だ。

「おじいちゃん、おかしなこと言いませんでしたか？」

恵美子というその少女は、タコのブツ切りが入った、手製の海草サラダを持ってきていた。やはり手製らしいドレッシングもついていて、明日の朝食べてほしいと言った。

「機嫌がいいのか悪いのか、わからなかった」

「そうですか。ほんとは淋しいだけなんです」

「ほう、なんで？」

「ユキが死んじゃったから」

一瞬、なんのことだか私にはわからなかった。トミーも首を傾げている。安爺が古女房を死なせたのはもう一年半も前で、私はその葬式にも出た。

「おばあちゃんが、かわいがってた猫。あたしが泣いてたら、もう長く生きたんだから、死ぬのが遅すぎたぐらいだって、わざとひどいことを言ったの」

「それでも、君はおじいちゃんが一番淋しがってる、と思ったわけだ」

「おばあちゃんが、かわいがってたから。自分で編んだ首輪に、鈴なんかつけてやって」

その鈴は、いまは安爺の腰についている。なんとなく、私はそう思った。これからしばらくは、安爺が来るたびに、鈴の音が聞えるのかもしれない。

「家族になにか言うと、すぐユキのことに結びつけられるから、先生のところでひどいことを言ったんじゃないかと、心配になって」

「いつも通りだったよ、おじいちゃん」

私は言い、それからちょっと考えた。

「少し、酒が多かったかもしれないが」

「ごめんなさい、余計なこと言って。おじいちゃん、先生のこと大好きだから。きのうも、入港の連絡があったのに、なかなか来ないって心配して、ずっと船にいたの」

私が頷くと、恵美子が白い歯を見せて笑った。きのう、安爺は黙って舫いを取り、黙って帰っていった。

「サラダ、ありがとうよ」

「海草、とっても躰にいいの。先生、魚とか肉ばかり食べてるから。それに、ドレッシングは、あたしの自信作」

恵美子が、身軽に松栄丸に乗り移り、岸壁にあがった。一度ふり返って手を振り、岸壁を駈けていった。

「いい娘だよな。泣けてくるよな」

トミーが、サラダが入った容器を抱えたまま言った。発電機を回しているので、港の中で、私の船だけが明るい。

「いい女房になるって思いませんか、船長。いわゆる、人の気持がわかる女になるって？」

「わからん。女ってのは、変るもんだ」

「それ、実感ですか？」

「どうでもいいが、恵美子は中学生だぞ。惚れたりするなよ」

「あと五年で、大人じゃないですか。俺だって、まだ二十五だし」

変るのに、五年あれば充分だ、と言いかけて私はやめた。
煙草に火をつける。風が煙を吹き飛ばして、あまり味がしなかった。

カウンター

1

ボータイの結び方を、私は吉岡に習っていた。酔った時に、ボータイを解く。すると、シャツの襟のところから、帯状の紐が二本垂れた恰好になる。男がやつれた姿を見せるには、ネクタイを緩めるより、ボータイを解いた方がさまになる、となんとなく考えたのだ。

やつれて見られたい時、私は不精髭を生やしたりする。しかし不精髭は、二、三日はかかるのだ。ボータイなら、解くだけでいい。結び目の癖がついている帯状の紐は、その男の屈折まで現わしているような気がした。ホックのついた蝶ネクタイではなく、細目のボータイでなければならないというのも、私の思いこみだった。

三度習うと、私はボータイを結べるようになった。吉岡が笑っている。三十をいくつか超えたぐらいだが、十八から水商売をやっているので、それなりのバーテンダーには見えた。アルバイトでバーテンをやってそのまま、というのではない。はじめから、酒場のマスターになりたがっていた。カウンターだけの自分の店を持ったのが六年前だから、順調にやっていると言っていいだろう。

その前は銀座の、割りに名の通ったショットバーで修業していた。

「開店時間前に、バーテンがスツールにひとりで腰を降ろしている。まだベストも着ていなくて、糊の利いたシャツから、よれよれのボータイがぶらさがっている。そんなのも、いいかな」

「また、小説ですか。酒を飲む時ぐらい、忘れたらどうですか」

「俺もそう思うんだが、つい考えてしまう。もうちょっと酔うと、忘れちまうだろうけど」

「じゃ、無駄でしょう、考えるの」

「そう言うなよ。こんな店でやることと言ったら、アイデアを絞り出すぐらいのものだろうが」

「酒には、味があるんですからね、先生」

「高が酒。されど、酒。つきつめれば、ただのアルコールだと言われて、おまえ反論できるか？」

「まず、高がで、されどでこだわれ、と言うんでしょう、先生は。なんでもかんでも、そうじゃないですか。高が服、されど服。高が女、されど女」

「俺は、その程度の男なんだ」

「飛躍しますね」

早い時間で、店に客はいなかった。私はこれから会食の場所に出かけ、食事を終えると女の子が揃っているクラブへ行き、半分酔い潰れて帰宅するはずだった。長い仕事がひとつ終ると、一週間ほどそんな日々が続くのだ。充電でも放電でもなかった。終ってしまえばなんでもない日々で、私は多分、ボータイの結び方を覚えたことを、唯一の収穫だったと考えているに違いない。

「先生、釣りは？」

「どういう意味で言ってる？」

「だから、なにか釣れたのかって」

「おまえ、十八の時から俺と付き合ってるにしては、性格を呑みこんじゃいないな」

「そうですよね。釣れてりゃ大騒ぎをしてますよね。たとえ二、三十センチの魚だって」

「しかし、二メートルの魚を釣ったら黙っている。それが俺だぞ」

「釣ってから、言ってください」

「黙っているかぎり、永遠におまえは知ることがない」

まだ酔ってはいなかった。吉岡とのやり取りは、酔っていようとなかろうと、こんなものだった。

「先生、私のボータイを一本進呈しましょうか？」

「いらんよ。おまえの首の太さで、結び癖がついてる。そんなのを見せて、俺のやつれだとか疲れだとか、人に思われたくない」

「役者でもないのに」

吉岡が、二杯目の薄いソーダ割りを作って差し出した。

ドアが開き、初老の男がひとり入ってきた。吉岡の表情が、いつも客を迎える時と、微妙に違っていた。筋者かと思ったが、それにしては飄々とした感じがある。

「どうぞ、いいですよ」

吉岡が言うと、男はちょっと頭を下げてカウンターの奥まで行った。男の右腕が、肩からないことに私は気づいた。

「気の置けない付き合いをしていただいている先生ですから、遠慮しなくてもいいです。一杯だけなら、飲んでくださるかもしれない」

「ほんとに、いいんですかい？」

男は私を見、吉岡の方に視線を戻して言った。

「先生、カクテルを一杯。この方の奢りですから」

吉岡が言うからには、なにかあるのだろうと思い、私は頷いた。

「じゃ、なんにしましょうか。基本的なところで、サイドカーなんか？」

もう一度、私は頷いた。吉岡が、私にカクテルを押しつけることなどもないからだ。

「じゃ」

吉岡が言うと、男がするりと上着を脱いだ。

白いワイシャツは糊が利いていて、なにか気力のようなものを感じさせた。しかし右の袖はしっかりと縫いつけられている。腹に腕を当てている、という恰好なのだ。

男が、カウンターの中に入り、私にちょっと頭を下げた。それからの左手の動きは、めまぐるしかった。シェイクする準備を整えるのは、ほぼ両手のある人間と同じ時間だろう、と私は感じた。ブランデー、ホワイトキュラソー、レモンジュースの注ぎ方も、量は決まっているように見えた。それより私が眼を見張ったのは、ボトルの扱い方だった。栓を抜き、持ち変え、注ぎ、栓をする。その一連の動きを、すべて空中でやるのだ。西部劇のガンプレーのようにさえ見えた。

シェイカーが振られはじめる。力強い振り方ではなかった。ゆっくりと氷に酒を潜（くぐ）らせているという感じで、あまり激しい音はせず、振っている時間はいくらか長かった。

カクテルグラスに注がれる。

差し出されるとすぐに、私はグラスの脚を持ち、口に近づけた。一番気になるのは冷え具合だったが、それは及第点を超えていた。味も、当たり前だが悪くない。飲み干すと、私はグラスを置いた。

「まあまあだな」

片手にしては上出来すぎる、という言葉は呑みこんでいた。そういう評価の仕方は、嬉しくもないだろう。

「この先生がまあまあとおっしゃれば、合格点を貰ったと思ってもいいです」

「ありがとうございます」

男が、丁寧に頭を下げた。

「水割りを、一杯飲みたい」

男の表情に、あるかなきかの緊張が浮かんだ。グラスの扱い、氷の扱い。文句のつけようはない。ラベルを一瞥しながら、私のボトルの栓を抜き、適量を注ぎこむと栓をして置く。やはり西部劇のガンプレーだった。バースプーンを、左手で巧みに使って、しばらく攪拌し続ける。差し出されたものを、私はすぐに口に入れた。

「オーケーだね」

私が言うと、男は破顔した。笑うと皺が目立ち、四、五歳は老けて見える。

「水で薄めりゃいいってもんじゃないいんだよな、水割りは。水とウイスキーの調合。それが決まった時はうまい」

バースプーンの使い方だと言おうとしたが、吉岡が腕の時計を見る仕草をしていた。吉岡は時計をしていないから、仕草だけだ。

勘定を払おうとすると、吉岡が手を振った。会食の場所に、タクシーで乗りつけるのにぴったりの時間だろう。

　出て行く時ふり返ると、男がカウンターの中で深々と頭を下げていた。

2

　ボータイが、なんとか鏡も見ずに結べるようになった。三本ほど買ったが、両端の幅が広いものは、やはりホックの蝶ネクタイという感じで、好きになれなかった。さりげなく結んだ、というかたちにならないからだ。

　ボータイ姿で、私はパーティなどに二、三度出た。それを解いてやつれた感じを出してみるのは、その流れで行ったクラブなどだ。首から垂れ下がった紐状の帯が、やはり私は気に入った。普通のネクタイだと、緩めても解くということはないが、ボータイは解かないかぎり緩めることはできないのだ。いきなりやつれた姿になる。それを面白く感じたのかもしれない。

　吉岡の店のそばで、車を降りた。銀座に近いが、オフィス街である。約束の場所への時間調整をするためとか、帰りの車を待つ時などに、ここを使うことが多い。

　車を降りて十メートルほど歩いた時、擦れ違いかけた男に、丁寧に挨拶をされた。それが片腕の男であることに、挨拶を返してから私は気づいた。ジャケットはちょっととたびれているが、その下のワイシャツはきれいに糊が利いていた。

「吉岡のところ？」

「そうです。早い時間に、吉岡さんにいろいろと教えていただいておりますんで」

それ以上、私はなにも訊くことを思いつかなかった。じゃ、と言い、男がまた頭を下げた。ぶらぶらしているジャケットの右袖が、なにか別のもののように見えた。

まだ、六時ちょっと前だった。私は、吉岡にボータイを見せようと思って、少し早目に自宅を出てきたのだった。

店に入った。吉岡は、カウンターで伝票かなにかを見ているところだった。ベストを着こみ、ボータイを締めている。

「そこで会ったぜ、この間の」

「ああ、本田さん」

「本田って名前か、あの人」

「私が銀座で修業していたころの、お客様でしてね」

吉岡はカウンターの中に立ち、私のボトルを出した。

「あのころは、右腕、ついてたんですが」

「ここへ現われた時は、なかったってことか。なくしたの、そんなに昔じゃないんだな」

「三年前だそうです。それから、左手を使う練習をずっとしてきて、一年ぐらい前ですかね、ここへふらりと現われたんです」

「バーテン志願か？」

「といっても、雇ってくれと言うんじゃなかったんです。つまり、腕を磨きたいと。片腕なんで、私も最初は戸惑いましたが、よく打ちこんだと言うんですかね。結構な腕になってきましたよ」

「ボトル捌(さば)きが、並じゃなかった」

「私にも、あれは真似(まね)ができません。あと三ヵ月で、あの人、小さな店を出すんですよ。渋谷だそうです」

「ひとりでか？」

「だから、以前に縁のあった私のところで、ひと通りの技を身につけようとしているんです。ちゃんとしたカクテルを出せる店にしたいってね。片腕のバーテンダー。流行(はや)るかもしれませんよ」

「なぜ腕をなくしたか、みんなに訊かれるだろうな」

「それは、言えないでしょう。言えるようなことじゃありません」

吉岡は、それ以上のことを喋らなかった。私も、訊くのをやめにした。本田という男に、失礼だという気になったのだ。

吉岡が、ソーダで割ったシングルモルトのスコッチを出した。ステアはしない。炭酸が強烈に弾ける感じが好きなのだ。特に、食事の前はそうだった。

「シェイカーの振り方、悪くなかった。風格もあったな」

「ずいぶんと、練習して貰いましたよ。米を入れたシェイカーでやるんですが、その米が何度も粉になっちまうぐらい」

「スノースタイルなんかは？」

「それも、見事なもんです。片手でやるんで、芸になってます」

「しかし、なんだってバーテンなんだ？」

「私も実は最初にそう訊きました。昔からの夢だったらしいんです。片腕をぶったくられたからって、夢までは捨てなかったってことなんでしょうね」

「師匠におまえを選んだってのは、なかなかの眼をしてたってことだ」

「ほめてるんですか。めずらしい」

「しかし、グラスなんか洗う時、どうするんだろう？」

「モーター付きのグラス洗い機って言うんですかね。そんなのを考案して、磨くのは片手で器用にやるんです」

「肘から上があれば、まだなんとかなっただろうにな」

「はじめは私もそう思いましたがね。むしろ、それだと無様です。きれいに片腕がなくて、左手だけですべてやる。それが決まるんですよ」

私は、炭酸の弾ける音を聞きながら、グラスを傾けた。注いだ時だけでなく、グラスを傾けた時も、わずかだが炭酸は弾ける。

「酒には、もともと詳しい人でした」

「だろうな。ブナハーバンにぴったりの水の調合だった」

「酒にうるさい人だと、緊張したみたいですよ。もっとも、目立ちたがり屋の酒だ、とも言っていましたが」

「当たってるな、確かに」

一杯目を飲み干しても、吉岡はすぐに二杯目は作らない。私が、まだ食事の前だと思っているからだ。

煙草をくわえると、吉岡が火を出してきた。

「そういえば、ボータイはどうするのかな?」

「ボータイですか」

「あのワイシャツだ。ボータイは締めるだろう。バーテンが、ボータイを締めなくちゃならんということはないが」

「そういえば、いつもぴしっとしたワイシャツだな。右袖が腹のところに縫いつけてあって」

「自分で締めるのか、誰かに締めて貰うのか」

「賭(か)けますか？」

「自分で締める方に乗るな、俺は」

「私もです」

吉岡が、二杯目を作りはじめた。

「しかし、ボータイには気がつきませんでしたよ」

グラスを差し出しながら、呟くように吉岡が言った。

私のボータイについては、なにも言おうとしない。

三年後

1

丸テーブルには、九人いた。そういうテーブルが七つあり、六十人強の人間が列席しているということになる。大した規模の結婚式ではなかった。

私は額に滲んだ汗に手の甲を当て、軽く拭った。こんなこともあるのだ。そう呟きたい気分だった。

テーブルに眼を落とす。ナプキンに、私の名を書いた札が立てかけられている。それを取り、灰皿の脇に置いた。並べられたフォークの一本が曲がっていたので、それを直した。列席者の着席は、ほぼ終りつつある。

司会者の挨拶がはじまり、新郎新婦が拍手に迎えられて入場してきた。新郎が、私の船の友人の息子である。私の船にも、クルーとして三ヵ月ほど乗り組んだことがある。釣りが好きな私と較べて、どちらかというとクルージング派である。錨を打って釣りをはじめると、退屈そうにしていたものだった。

二十七歳になったという。二年前までは、よく親父のヨットに乗っていたものだが、それから小さな会社に就職したようだった。新婦とは、その会社で知り合ったらしい。

　息子の方は、釣りがあまり好きではないという以外、それほど変ったところはなかったが、親父はマリーナでも変り者で知られていた。台風が近づいているのに船を出し、マストを折って曳航（えいこう）されてきたことが、二度ある。二度とも、ひとりで乗っていた。最近では太平洋を横断すると言って出航し、十数日後、小笠原（おがさわら）近海を漂流中に救助された。決して三十フィート以上のヨットに乗ろうとせず、大抵の場合はシングル・ハンドで、クルーを乗せているとしても息子だけだった。大きな会社のオーナー社長だが、ひとり息子を自分の会社に入れようとはしなかった。

　私と新郎の親父が親しくなったのは、海が荒れた日、船が出せずにマリーナのレストランで本を読んでいた時だった。いきなり私の本の表紙を覗（のぞ）きこむと、フォークナーについて饒舌（じょうぜつ）に語りはじめたのだった。

　私が読んでいたのは、フォークナーの全集で、『エミリーの薔薇（ばら）』という短篇（たんぺん）だった。彼がなにを語ったかは、ほとんど憶えていない。もう六年も前のことになるのだ。しかし彼は、それから時々係留中の私の船にやってくるようになった。図々しいのかと思えば、意外なところがシャイで、釣った魚を持っていけと言っても、そうしたことは一度もない。そのくせ、刺身は大好きで、その場で捌いたものに箸を添えて出すと、必ず全部平らげた。そういうことがあると、次には必ずラム酒を一本ぶらさげてくる。

私が書いたものも少しずつ読んでいるらしく、酔うと、通俗的だという批判をくり返した。私は通俗的な小説を書いているので、それは批判にならないと反論はするものの、それほど腹は立てなかった。

　ある時、ひどく酔っていて、ほんとうは私が書いたものが好きなのだ、と告白したことがある。批判されても腹は立てなかったのに、好きだと言われるとひどく嬉しいような気分になった。ほんとうは大学で英米文学をやりたかったのに、家の事業を継ぐために経済学部に進んだのだとも言った。私より、六歳年長である。

　もともと、セイリングヨットをやっている人間と、パワーボートをやっている人間は、不仲とは言えないが、親しくもならないというところがある。三十ノットオーバーで突っ走るパワーボートと、同じ距離を十倍の時間をかけてゆっくり進むセイリングヨットでは、同じ船と言ってもずいぶんと次元が違う。話が合うことも少ないのだ。

　媒酌人の挨拶がはじまり、新郎の親父は、小柄な妻と末席で立っていた。

「この十倍の招待客がいても、不思議ではないと思ったのですがね」

　隣席の、船舶雑誌の編集長が言った。

「息子は息子というの、徹底していますね」

　私は曖昧(あいまい)に頷いた。その雑誌からはインタビューを受けたことがあり、編集長とも面識があった。

いつか、息子に会社を継がせる気はあるのだろう、と私は思っていた。偏屈だが、肉親愛が強いと感じることが、しばしばあったからだ。いま息子に冷たくしているのは、その愛情の裏返しと言ってもいいものに違いない。

媒酌人の挨拶は、まだ続いていた。

ほとんどのテーブルが若い人間で占められ、四十代以上の招待客は、私のところと隣のテーブルの二つだけのようだ。

私は、ちょっと眼をあげた。

佐知子と、視線が合った。佐知子の顔にはなんの表情もなく、しかし眼だけは私からそらさなかった。よりによって、私の真正面の席である。

「台風対策、なにかしておられます？」

また、編集長が言った。台風の多い季節になって、しかも私がマリーナへ行けないほど忙しい時がよくあった。毎年のことなので、甲板に動くものは置いていない。キャビンのドア、フライブリッジのオーニングはきっちりしていて、ほとんど風は入らない。ただこの時季は、浮桟橋（ポンツーン）に取る舫いの数を二本増やし、フェンダーもすべて出している。

「両舷とも、スプリングを取ってますよ」

「そりゃ安心だな。出航の時の収納が手間でしょうが」

「まあ、出航の回数も少ないですからね」

「今年も、夏は黒潮の中まで出られたんでしょう？」

「三度ばかり、オーバーナイトで」

原則として夜間航行はしないが、黒潮の中でトローリングする時だけは別だった。

媒酌人の挨拶が終り、主賓の挨拶に移った。佐知子の連れが主賓で、新郎の会社の社長らしい。

また、佐知子と眼が合った。ちょっとほほえんだように、私には見えた。私は、ほほえみ返しはしなかった。

新婦側も同じ会社なので、主賓は高校時代の教師だった。

結婚式の費用も、新婚旅行の費用も貸してやった、と親父が電話で言っていた。新婚旅行は伊豆で、わずか二泊という話だった。

両家の主賓の挨拶が終り、私の番になった。乾杯の音頭を取るだけである。私は前に出てマイクの前に立ち、シャンパンのグラスを持った。佐知子の方には眼をむけず、新郎新婦だけを見て、私は喋りはじめた。乾杯はよく頼まれるが、いつもよりは長い挨拶になった。喋りながら私はそれを自覚し、自覚したことでさらに長く喋ってしまいそうだった。

唐突に話を切りあげ、私は乾杯と言った。

席に戻った時、やはり額に汗を滲ませていた。

食事がはじまり、場内がざわついた。読者らしい青年が二人、本を持ってきたので、私は差し出されたペンでサインした。握手も求められる。

「大変ですな」

編集長が言った。佐知子と眼が合い、今度ははっきりとほほえむのがわかった。

2

スピーチが続き、料理が進んだ。よくあるお色直しというやつには、新婦だけが出かけて行った。その間に、記念写真を撮りたいという青年が三人来て、私は席を立った。ついでに、トイレへ行った。手を洗って出てきたところで、佐知子とぶつかりそうになった。

「変らないのね」

佐知子は私を待っていたのだと思ったが、それによって感情が揺れることはなかった。

「君も」

「主人、歳(とし)をとってて、びっくりしたでしょう。あたしより、二十五も歳上なの」

「幸福そうで、なによりだ」

行こうとすると、くすりと佐知子が笑った。

「ハンカチ、懐しい」

「そうかい」

「ベルト、どんなのをしてるの？」

「普通のだよ」

それだけ言い、私は会場に戻った。やはり、かすかに額が汗ばんでいた。

若い客と喋っている、佐知子の夫の方へ私は眼をやった。あえて見ようとしなくても、真直ぐにしていれば自然に眼に入る。

二十五も歳上だとすれば、ちょうど六十になったところだろう。年齢相応の老け方をしていた。笑うと、眼のまわりの皺が深くなり、ちょっとたるんだのどのところがふるえた。暑いのか、白いハンカチを出し、額を拭いている。

不意に、なまなましい思いが私を襲ってきた。

ほんとは、ちょっと荒っぽくされるのが好きなの。二度目に抱いた時、佐知子はそう言った。痩せた躰だったが、乳房だけが不釣合いに大きかった。ぶって。三度目には、そう言った。臀と乳房をベルトで打つと、異様な叫び声をあげた。私は、ホテルの隣室をはばかって、佐知子の口を押さえた。

どうしても、声が出ちゃうの。ハンカチかなにかを、口に押しこんでよ。

ハンカチを口に押しこみ、ベルトで乳房や臀を打つのが、佐知子と私の間では習慣になった。前戯でそれをやらなければ、佐知子はどうしても燃えないのだ。

打ち掛け姿の新婦が、スポットライトを浴びて入ってきた。

「いいですな、着物は」

編集長が言った。私は、花嫁の着物姿は好きではなかった。白すぎる化粧に、どうしても馴染めないのだ。普段、女が着物を着るのは、嫌いではない。佐知子は、私と会う時、よく着物を着ていた。着物には紐類が何本もあり、やわらかいものを選んで、後手に縛るのだ。そしてベルトで臀を打つ。ハンカチを押しこんだ口から、くぐもったけものの声を、佐知子はあげ続けたものだった。

佐知子が戻ってきた。誰にともなく会釈をするような仕草で、椅子に腰を降ろし、夫とちょっと言葉を交わした。

汗で、乱れた髪を頬に張りつかせている佐知子の表情を、私はまざまざと思い出した。欲情しそうになる自分を、私はかろうじて抑えた。

佐知子との交渉は一年ほど続き、それから結婚をするということで、勤めていた銀座のクラブをやめた。男にとっては、一番都合のいい別れ方ができたと言っていい。だから、いやな思い出も残っていない。

佐知子と別れると、私はそれまで佐知子に望まれてしていた幅広のベルトを、ごく普通のものに戻した。

コーヒーが出て、引出物が配られ、披露宴は終幕にさしかかった。演出からなにから、ごくありきたりの結婚式だった。

最後に、新郎の親父が挨拶をした。あろうことか、フォークナーの話などをはじめた。

「わざわざ、難しい話をするんですよね、あの社長は。それも、お涙頂戴の場面で」

編集長が、苦笑しながら小声で言った。

謝辞としてはいささか型破りだったが、なんとかまとまって、挨拶は終った。

みんなが立ちはじめた。

私は、佐知子が夫と一緒に立ち、出口にむかうのを確かめてから、腰をあげた。

ありきたりの挨拶をして会場を出ると、佐知子がひとりで立っていた。膝のあたりまでスリットの入った、黒いロングドレスで、胸はそれほど大胆に開いてはいなかった。もっと胸の谷間を強調した方がいい、と私は思った。三年以上経っても、乳房の大きさは変らないように見える。

「電話でもくださいな、たまには」

佐知子が近づいてきて、私がぶらさげた引出物の袋の中に、メモを落としこんだ。番号が書かれたメモだろう、と私は思った。

「ハンカチ、いつも麻なのよね」

「あ、まあそうだ」

「唾を吸うと、硬くなるの。そういう感じが好きだったわ」

快楽の予感が、私を包みこんだ。三年前より、熟れた躰なのか。もっと淫らになっているのか。

誰かが私に挨拶し、私は反射的に頭を下げた。トイレに行っていたらしい佐知子の夫が戻ってきた。

ホテルではなく、ただの結婚式場で、タクシーを待つ列が玄関にできていた。ロビーの人の姿は、少なくなりはじめている。

私は煙草を二本喫い、タクシーの行列が減るのを待った。佐知子は、夫と一緒にロビーの椅子に腰を降ろしている。

新郎の親父が来て、私としばらく話しこんだ。息子の結婚などそっちのけで、海況の話に終始した。また、無謀な航海を画策しているのかもしれない。

羨ましさが、こみあげてきた。なにも考えず、ただ沖にむかう。船に乗る人間の、夢のようなものだ。

タクシーの行列が減っていた。私がその後尾につこうとしたのとほとんど同時に、佐知子と夫がやってきた。女性に前を譲る。仕方のないことだった。

空車が、二台続けてやってきた。前に待っているのは、三人になった。私は、通りの方へ眼をやっていた。

空車を求めるサインは出ているが、その表示に眼をやる運転手は少ないのだろう。二台来たきり、空車はしばらく入ってこなかった。

眼の前に、佐知子がいる。おかしな気分になりそうなので、私は船のことを考えていた。バッテリーのこともあるので、そろそろ動かした方がいい。でなければ、陸電を取ってバッテリーチャージャーで充電することだ。それをやっておけと、クルーのトミーに電話をしようと、私は考えていた。

空車が二台やってきて、前で待っていた三人がそれに乗った。次に来た車には、佐知子が夫と乗る。私は、そう思った。

「先生」

気づくと、佐知子の夫が私を見あげていた。背丈は、佐知子よりかなり低い。私は、薄くなった頭頂を、姿勢を変えずに見ることができた。

「ベルト、ちょっと細すぎますね」

「え？」

空車が来て、佐知子が乗った。夫の方も、私に頭を下げて乗りこむ。ドアが閉り、発進する時、佐知子が私に笑顔をむけた。

私は、走り去るタクシーを見送りながら、自分のベルトにちょっと手をやった。

ヒラメ

1

　くわえていた煙草を、携帯用の灰皿で消した。すべて左手の作業なので、蓋をするのに手間取ったが、なんとかぴったりと閉めることができた。吸殻に少し火が残っていたとしても、それで酸素がなくなり、やがて消える。

　右の脇の下には竿を挟み、指先でたえずリールのドラッグを調整した。魚はまだ元気があり、思い切った動きをした場合は、ドラッグを少し緩めてラインを引き出させてやらなければならなかった。白ギス用の細いラインは、無理をするとすぐに切れてしまう。

　当たりが来たのは、煙草に火をつけてすぐだった。白ギスの当たりで、私は軽く合わせをくれ、ラインを巻き取ろうとした。その時、少し異常な力を感じたので、たるむところまでラインを出し、しばらく待った。そこで煙草を消すべきだったが、念のためというところがあり、私は煙を吐き続けていた。すると、たるんでいたラインがピンと張り、竿先が弧を描いて曲がったのである。

　ようやく、私は両手を使えるようになった。

かかった魚がなんであるか、すでに見当はついていた。私が釣ったのは白ギスで、それも小さなやつだ。しかし引き寄せようとした時、それにヒラメが食らいついた。ヒラメははじめ、尻尾の方に食らいついただけだろうから、警戒して口を開かないように、ラインをたるませて完全に呑みこむのを待ったのである。見事にヒラメはかかったが、白ギス用の細いラインであげられるかどうかは、別問題だった。

私は、浮桟橋に腰を据えた。真下は三メートルほどだが、私が餌を投げた場所の水深は、八メートルほどあるはずだった。

この湾にヒラメがいることは聞いていた。かけたのは、はじめてである。竿先は弧を描いたままで、どれほどの大きさか見当がつかない。ただ、いまの状態でもラインは限界に近かった。魚が疲れるのを待つしか、いまのところ方法はない。幸い船を繋いでいたので、たも網はある。引き寄せさえすれば、なんとかなるのだ。

ヒラメは、三度激しい動きをした。そのたびに私はラインを引き出させ、かろうじて凌ぎきった。ヒラメはまだ海底にへばり付いている。そこから引き剝がせるかどうかが、最初の勝負だった。

弧を描いた竿を抱えたまま、私は長い時間耐えていた。

晴れた日だった。照り返しが眩しくて、私は眼を閉じた。四度目の抵抗は、かなり激しかった。私は、ドラッグを緩めた。時間は長く続かず、ラインを五メートルほど引き出されただけで、私はドラッグを締め直した。

あげたヒラメを、どんなふうにして食うか、私は考えた。五枚におろし、半身は薄く削いだり、刺身にしたりすればいい。残りの半身は、昆布じめというやつである。中落ちと頭は唐揚げ。そして皮は、陽(ひ)に干してルアーの材料にする。ヒラメの皮を使ったルアーには、カンパチがよく来るのだ。

多少、根気が薄れてきた。百キロを超える大物とのやり取りとは、かなり違うファイトになる。左手で竿を支え、右手の指先はドラッグに集中している。少々の力なら躰で受けとめる、という具合にはいかないのだ。ほんのちょっとした集中力の欠如が、ラインブレイクに繋がる。

ヒラメはなにを考えているのか。釣りで忍耐が必要な時、私はいつも細いラインで繋がっている相手の魚のことを考える。相手が、さも人間であるように、心理を類推してみるのだ。それは大抵、私自身の心理を鏡に映しているようなものだった。

今日は、いくらか違った。

まず、プライベート浮桟橋という、日本ではあまり例のない場所で釣っている。浮桟橋は、長い本物の桟橋で陸地と繋がっていて、そこには打ちっ放しのコンクリートの、平屋の別荘があり、背後は崖である。

私の友人が、貸してくれた別荘だった。海岸線がすべて国有地であるこの国で、船が直接繋げる別荘など皆無に近い。そこで暮しはじめて、すでに六日目に入っていた。以前にも何度か暮したことがあり、生活のやり方は頭に入っている。車で来るのは無理で、陸地からいくらか歩くか、船で直接来るかしかなかった。

だから、贅沢なのだ。その贅沢が、いま私には切なく、しかし快いのだった。夜になると、ひとりきりである。波の音、背後の崖の、樹木のざわめき。しかし、静けさが身に沁みてくる。その静けさの中で、生きていると思える瞬間がある。閃光のようなその思いが、私には必要だった。

ヒラメが、暴れた。十分前とは、ちょっと違う暴れ方であることに、私は気づいた。どこか、苦し紛れだ。持続力もない。私は、徐々にラインを巻きはじめた。こちらの攻勢の気配を察したヒラメが、本気で暴れる。私は、ドラッグの緩め方を、それまでより大きくした。それでも、引き出されるラインは短い。五分間ほど、そういうやり取りをくり返した。

不意に、竿にかかってくる圧力の感じが変った。ドラッグを、いくらか締めた。巻き取る。ゆっくりと、相手を騙すようにリールのハンドルを回し、そして決して止めない。

浮桟橋の端に立ち、海中を覗きこむ。ゆらりと、なにか黒っぽい板のようなものが現われてきた。およそ魚という感じはしないし、横に激しく動くこともない。ただ重いだけだ。海面近くになると、私は先がほとんど水に突っこむほどに竿を下げ、右手でたも網を構えると、左手で竿を立てた。空気の中に出てヒラメが暴れようとした時、私は網で掬(すく)いあげていた。

二、三キロはある、大型のヒラメである。

私は鉤をはずす前に、白い腹の方を上にして、腰から抜いたナイフを鰓の横に突き立て、それから尻尾のところにもちょっと切れ目を入れた。陽の光が、血を鮮やかに照らし出した。血抜きをしているということを忘れて、私はしばらくその色に見入っていた。

氷と塩水を入れたクーラーボックスで、魚を冷やした。身が硬い方が、捌きやすいのである。もう釣りをしようという気は起きず、五、六尾の白ギスはリリースした。

船には清水がいくらか積んであり、それをバケツに汲(く)んで、私は浮桟橋で庖丁(ほうちょう)を研ぎはじめた。刃物を研いでいると、私は大抵のことを忘れる。

正午近くになり、私はクーラーボックスから出したヒラメを、浮桟橋で捌きはじめた。表面の鱗(うろこ)を削ぎ、五枚におろし、縁側の部分も取り分けた。皮を引いた身は紙皿に載せてラップし、皮は拡(ひろ)げて干した。捨てたのは内臓だけであり、それは小魚が食うだろう。

紙皿やそのほかのものを両手に持って、私は桟橋を歩き、別荘の建物に入った。

2

シャワーを使った。

それから、ポータブルのカセットデッキで古いジャズを聴きながら、ヒラメの身を薄く削いだ。刺身にもした。縁側も取り、それは短いブツに切った。残りは昆布に挟み、ラップした。唐揚用の中骨は、いくつかに切ってやはりラップした。

もう、食うことしか残っていなかった。ひとりだけである。クルーが来ることがあるが、それは船に来るのであって、別荘に来るのではない。今日のキャンセルは、きのうのうちに伝えてあった。

瓶入りの紅葉(もみじ)おろし、ポン酢、ワサビ、そういうものは揃っていた。私はテーブルに薄造りと刺身と縁側のブツ切りを並べ、ひとりで食いはじめた。

窓の外に、午前の仕事を終えた遊漁船が戻ってくるのが見えた。日によって、時間によって、窓の外の海はさまざまな顔を見せる。ビールを飲んだ。泳いでやろうか、とふと思った。力のかぎり泳ぎたい。そんな衝動がある。それを抑えるために、箸先がかすかにふるえた。このヒラメも、さっきまで生きていたのだ、となんとなく思った。

大型のヒラメだったので、半身でも平らげるのに時間がかかった。生の魚は、そう多く量を食えるものではないのだ。それでも、私は規則的に箸を動かしていた。

食い終えたのは、三時を回ったころだった。ビールを三本必要としたが、ほとんど酔ってはいなかった。

私はもう一度シャワーを使い、髪を整え、ワイシャツを着こんだ。黒いネクタイを締める。喪服は、自宅から運ばせたものだった。

しばらく、窓辺に立って海を眺めていた。眼の前から栈橋がのびていて、その先に浮栈橋があり、私の船が繫いである。湾の中は静かで、船もほとんど揺れていない。

海があり、船があってよかった、と私はなぜか思った。当たり前のことが、無上のことのように感じられる。それが、命というものなのか。

携帯電話が鳴った。迎えのタクシーが来ていた。私は靴を履き、ドアをロックし、海際の小径を歩いて、タクシーが待っている場所まで行った。自分の車もあるが、私はしたたかに酒を飲むだろう。

タクシーの中では、私はぼんやりしていた。少しは、うとうととしたのかもしれない。高速道路に入った時の記憶がなかった。

死んだのは、私の二年後輩だった。

お互い職業が縁のないものでなく、だからというわけでもないが、親しくしていた。会う機会も、少なくなかったのだ。馬の合う相手というのは、いるものなのだろう。仕事を離れて、酒を飲むことも多かった。

手術の前に、一度会った。不安そうな表情を、強張(こわば)った笑顔で隠そうとしていた。術後三日目に会った時は、高揚した状態だった。それから二週間もすると、人に会いたがらないのだという話が伝わってきた。私は、夫人から、手術がほとんど失敗であったことを聞かされていた。

訃報は、突然だった。きのうの夕方、携帯電話で家人から伝えられた。思ったより、ずっと早かった。生きる気力を失えば、そんなものなのかもしれない。

死ぬ前に会わなかったことが、いくらか心残りだった。花だけを、贈った。自分なら衰弱した姿を見られたくはない。そんな理屈をつけて、避けたような気もする。

世田谷の斎場だった。

記帳を済ませると、私は場内の椅子に案内された。そこではじめて、後輩の写真に眼をやった。ほほえんでいる。もういいんだ、と言っているようでもある。

眼を閉じて、私は読経を聴いた。自分が死ぬ瞬間はどうなのだろう、と束の間考えた。土に還る。私は、よくそんな表現をする。ありふれていて、実感があるわけでもない。しかし、死はありふれたものでもあるのだ。

清めの席で、いくつか知った顔に会った。やつは賑やかなのが好きだったから。ちょっと酔いはじめた友人が言った。私は、そうは思わなかったが、ただ頷いた。大学の同窓生だったんですね、と別の顔見知りがそばへ来て言った。それにも、私は頷いた。料理も酒も出ていたが、腹の中にはまだヒラメが残っているようで、私は酒だけを飲んだ。

葬儀ではなく通夜に出てきてしまったことを、私はいくらか後悔しはじめていた。誰かが酒を注ぎに来る。そのくり返しだった。

夫人が近づいてきて私に挨拶し、私は立ちあがって頭を下げ、平凡な悔みの言葉を口にした。そうしている自分が生きていて、無言の男がいる。いまは、それに耐えるだけだと思った。

通夜の席を出ると、私はタクシーで、行きつけの店に乗りつけた。女の子を呼んで、清めの塩を頼んだ。

そこのカウンターで、しばらく飲み、黒いネクタイを引き抜いた。まだ、腹は減っていなかった。次の店のドアを開けた。私は、さらに飲み続けた。

酔っているのかいないのか、自分ではよくわからなかった。おかしな衝動があって、いきなり喧嘩(けんか)でもはじめてしまいそうな気もする。

三軒目の店で、私は車を呼んだ。

帰ったのは、別荘の方ではなく、自宅の方である。

自宅の玄関を入る時も、私は家人に清めの塩を持ってこさせた。

「帰るなら、電話をくだされればよかったのに」

家人に言われた。家の中は寝静まっていて、犬だけがはしゃいでいる。

「車に乗ってから、気がついた。街灯がないんだ。海際の細い道を歩いていて、落ちるかもしれん。いつもペンライトを持っているんだが、それも忘れた」

「お通夜、どうだったんですか？」

「知った顔とは、何人か会った」

「いきなりでしたものね」

そうではなかったが、夫人から聞いていた話を、私は家人にしていなかった。

寝室のベッドに倒れこむと、私はすぐ眠ったようだった。

眼醒(めざ)めた時、外はまだ暗かった。私は、しばらくベッドの中でじっとしていた。遮光のカーテンの隙間から、朝の光が射(さ)しこんできた時、私は起きあがった。階下に降りると、犬が足もとにまつわりついてきた。

庭に出てみる。秋の空気が、身を包んだ。寒いというほどではない。学校のある娘たちは、すでに食卓についているようだ。

「別荘には行かれるんですか？」

「当たり前だ。オフは、まだ四日残ってる」

自由業である私は、その気になればひと月でもオフは可能だった。その代りに、睡眠時間を削るようにして仕事をする。

「子供たちが、土曜日から行きたい、と言っているんですけど」

「魚を釣って待ってるよ」

娘たちは二人とも、船に乗りたがらない。船酔いをする体質なのだ。私は、船をはじめた時から、酔いには無縁だった。

「どんな別荘か、見たがってるんですよ」

船をやらないやつには、と言いかけて私は口を噤(つぐ)んだ。父親が、なにをして遊んでいるのかも見たいのだろう、と私は思った。

「腹が減った」

きのうのヒラメは、ようやくこなれたようだ。私は家に入り、もう食事を終りかけている娘たちの前に座った。

「潮の香りに包まれると、人間は生気に満ちる。海には、それだけの力がある」

借りた別荘を見に来いと言ったつもりだったが、娘たちは怪訝(けげん)な表情で私を見ただけだった。

爪

1

　車でそばを通ることがあっても、腰を降ろしてコーヒーを註文するのははじめてだった。大通りに面した、オープンテラスのカフェである。脇道があり、少し行くと坂になり、それを登りきったあたりに、彼女のマンションはあった。

　私は、大通りを行く車に眼をやっていた。パリやローマでもあるまいし。私はいつもこのカフェのそばを通る時、思ったものだった。いや、ほんとうはなにも考えず、ただハンドルを切るための目印として認識していたことが、多かったかもしれない。

　うまいコーヒーではなかった。夕刻である。しのぎやすい時間帯だからなのか、周囲のテーブルはほぼ埋まっている。座っているのが気恥しくなるほど、流行を気取った客ばかりだった。私は、時計に眼をやった。約束の時間まで、七、八分ある。彼女がマンションの部屋からやってくるのなら、五分もあれば充分だろう。

　携帯電話を、ポケットから摑み出した。部屋へ行く、と言おうと思ったのだ。それをもう一度ポケットに放りこんだのは、坂を降りてくる彼女の姿が見えたからだった。

「早かったじゃないか」

時間には正確な女だった。彼女は髪にちょっと手をやると、カフェ・オ・レを註文した。

「どうせ、こんなところ、いたたまれなくなって、部屋へ来ると電話があると思ったわ。だから、少し前に出てきたの」

私の性格も、知り尽している。二年以上親しんだ女だった。

中年の男と、二十代後半の女。オープンテラスでお茶を飲むというのは、どこかそぐわない組み合わせだった。しかし、彼女が来てからは、居心地の悪さは消えていた。

カフェ・オ・レが運ばれてきて、私は煙草に火をつけた。私も彼女も、こういうものには一切砂糖を入れない。

「どういうつもりなんだ？」

「ここじゃ、みんなが見てるでしょ。おまけに舗道を歩く人からも丸見え」

彼女は、カフェ・オ・レのカップについた紅を、指先で拭った。薄い化粧をしてきている。私が部屋を訪ねる時は、素顔の方が多かった。彫りの深い、派手と言っていいような顔立ちだから、素顔でも印象はあまり変らない。

「いきなりだな。ちょっとびっくりした」

「そうでもないでしょう。どちらが先に言い出すかだったと思う」

「しかし、話ぐらいはすべきだろう」

「話をして、なにか変ることがあるのかな」

彼女はまた、カップの縁を指先で拭った。マニキュアは、滅多にしない。仲間うちのパーティなどに伴う時だけ、それほど目立たない色をさせた。爪のかたちはきれいだ。

「こんなのが、あなたにもあたしにも似合ってると思う」

「言われりゃ、そうかな」

私は、また煙草に火をつけようとした。

「喫いすぎよ」

言ってから、彼女はちょっと舌を出し、笑みを浮かべた。この二年数ヵ月、彼女にはいつもそう言われ続けてきた。

「いやだ、癖になったみたい。一本目の時は黙っていて、二本目の時は喫いすぎだって言う。それで、あたしといる時は、いつも煙草が半分になってた」

私は苦笑し、出しかけた煙草をパッケージに戻した。

「恨み言のひとつも、俺に言おうとは思わんのか？」

「それを言わないために、ここね。人の耳があるでしょ。そして、泣かないためにも。あたし、見栄っ張りだから」

というより、人目を気にするところが、確かにあった。そして、多少顔の知られた私に、必要以上に気を遣った。腕を絡めて歩こうなどとは、決してしなかったのだ。

「チャーリーは？」

「御留守番」

「ここまでだったら、抱いてくれればよかったのに。これじゃ、チャーリーにさよならも言えないぞ」

「人の顔、すぐに忘れるわ、猫は」

「かなり友好関係を保持していたと思うんだがな」

「それでも、忘れる」

女と同じだ。言おうとして、私は口を噤んだ。

「君に恋人ができた。生きのいい若いやつが。あるいは、結婚を考えはじめた。どっちなのかな？」

「どっちでもない」

「俺を納得させるように、答えろよ」

「そうした方がいいような気がした。惨めになりたくないから」

「俺が、捨てちまうとでも思ったか？」

「そういうことじゃなく、わずらわしいと思われながら、そばにいたくないの」
一、二ヵ月前から、どこかぎくしゃくしはじめていた。私が飽きたというのが、一番の原因だろう。飽きるという感情は、ほぼ半年おきぐらいに出てくる。だから、私は彼女との関係で、四回か五回はそういう感情を抑えこんでいたと言える。それは、私にとってはかなりの多さだ。

いい女なのかもしれない。少なくとも、私が思っていた以上に、大人ではある。飽きたという感情を抑え続けていけば、やがてはなんでもないことになるのかもしれない、という気もする。

「二年ちょっとが、こんなオープンテラスのカフェで終るのか。いくらか、俗物的すぎるという気もするな」

「二年以上も一緒だったから、ここを選んだの。みっともなくて、泣くこともできないような場所を」

「わかった」

「最後は、通俗的でいたい。あたしにとっては、いくらか特別な二年とちょっとということになるだろうし」

「いい恋をしろよ」

「できればね」

私は頷き、ジャケットのポケットからキーケースを出した。そこには、さまざまなキーがぶらさがっている。自宅のもの、別荘のもの、マリーナの船具ロッカーのもの、そして彼女の部屋のもの。それだけをはずそうとすると、ほかのキーと触れ合って音をたてた。未練が音をたてている、という気分に、私は一瞬襲われた。

彼女の部屋のキーをはずすと、私はそれをテーブルに置いた。

「一度も使わなかったのね、結局」

「惜しいことをした」

女の部屋のキーが、時々私のキーケースにぶらさがっている。しかし、誰もいない部屋へ行く趣味は、私にはなかった。君の心を預けろよ。そんな気障(きざ)なことを言って、キーを受け取る。返す時は、心を返すというわけだ。さよならという言葉を、私はそうすることで省いていた。

女の方から、キーを返してくれと言われたのは、はじめてだった。だからといって、傷つくほどの自尊心を、私は持ち合わせてはいないつもりだ。

「じゃ、行くわね」

キーを摑み、彼女が言った。かすかに、声がふるえているような気がした。

「チャーリーによろしくな」

彼女はほほえみ、背をむけ、オープンテラスを出ると、坂道の方へ歩いていった。むこうからキーを返してくれと言われたことを除いて、いつもの別れだった。彼女のキーを持っている間にも、ほかの女との情事は何度もあった。

坂道を登って行く、彼女の後姿が見えた。一度も、ふり返りはしなかった。

私は新しいコーヒーを註文し、この通俗的な場所に、もうしばらく腰を落ち着けていることにした。

友人との、食事の約束がある。それまでに、まだいくらか時間があったのだ。

2

学生時代の友人だった。いまは、大会社の重役をしている。五十二歳という私の年齢は非常に微妙で、順調に重役にあがった者もいれば、いつ職を失うかわからない、という者もいる。実際、数年前に子会社に出向し、そのまま退職し、いまは酒屋の配達の仕事をしている同級生もいる。まだ年金生活ができる年齢ではなかった。

神楽坂(かぐらざか)の料亭で待ち合わせをした。芸者も二人呼んである。藤井というその友人が、畳の遊びなどと言いはじめたのは、重役に昇進してからである。私は、いくらか馴染みのあるこの料亭を藤井に紹介し、それから時々ここで会うようになった。請求書が折半というのは、学生時代の名残りだろうか。藤井は、しばしば接待でここを使っている気配だった。

「すっきりした顔をしているな」

時間ぴったりに部屋に入ってくると、藤井はそう言った。意外なことを言われた気がしたが、私はただ曖昧に笑みを返した。

「締切をぎりぎりでクリアして、さあ自由になりましたたって顔だぜ」

「なるほど」

「なにがなるほどなんだよ、おい」

「顔は正直だ、と思った」

「それは、おまえが自由業だからさ。俺みたいに、毎日のように役人を相手にしていると、顔で笑って心で泣いて、というのが当たり前になっちまう」

「そうやって、金を儲けているんだろうが」

まずビール。それから日本酒というのが、パターンになっている藤井の飲み方だった。公共事業が仕事の中心である会社の、重役である藤井の通俗性が、私は嫌いではなかった。時々は辛辣な切りこみ方をしてみるが、私が小説家であるという理由だけで、藤井はそれを受け入れているところがある。

食事の途中で、芸者がやってきた。銀座のクラブなどより安くあがる、ということを知らない者が多い。食事も入れて、銀座の一流と言われているクラブと同じ値段だった。

藤井は、私の新作についての感想をぽつぽつと語り、その合間に冗談を言い、それからせっかく入った会社を二年で辞めてしまった、息子の愚痴を並べはじめた。

お互いに、酒癖は悪い方ではない。愚痴が多くなったと思ったのか、藤井は芸者のひとりに三味線を頼んだ。

こんな遊び方を、以前は馬鹿にしていた。古い人間がやることで、いずれは廃れてしまうのだろう、と思っていた。いまは、不思議にそれほどの違和感はない。ただ、好んでこういうところに通おう、という気も私にはなかった。

十時半に藤井と別れた。私はタクシーを拾い、ひとりで銀座へ出た。

店に入る。私のキープしているボトルが出てきて、そばについた女の子が、ソーダ割りを作る。ステアをしないで、ソーダの刺激を愉しむのが、私のやり方である。女の子はそれを心得ているので、炭酸の弾ける音がするグラスを、私の前に置く。

なにもかも、いつもの通りだった。

「爪、見せてみろ」

私は、左隣に座った、貴美子に言った。二十人ほどの女の子がいる店だが、私は貴美子を気に入っている、と思われているようだ。実は、貴美子の方が私の席につきたがっている気配がある。

貴美子の爪は、ちょっと丸いかたちをしていた。それを少し長くのばしているので、一見かたちのいい爪のように思える。

「ひっかかれると、痛そうだな」

「ひっかいちゃうようなことも、してくれないくせに」

「俺は、五十二だしな。火遊びは卒業しているの。特別な場合を除いてな」

　客で知り合いがいたので、私は片手を挙げて挨拶した。

「この爪が、問題なのだな」

「どんなふうによ」

「触れたか触れないかという感じで、俺の肌を刺激する。それがうまけりゃ、俺はできるようになるわけさ」

「つねっちゃうかもしれない」

「それはそれでいいか」

　私は、まだ貴美子の手をとって、爪に触れていた。この女の欠点は、多分この爪だ。強いが、鈍い。そんな感じのする爪だった。

「どうしたのよ。なんだかちょっと変」

「生きてりゃ、毎日なにかはある。爪をじっくり見たくなる日もあるわけさ」

　一度もふり返らなかった、と私は思った。彼女のことだ。そして私は、彼女の後姿が見えなくなるまで、眼で追っていた。

　電話らしく、貴美子が呼ばれた。私は、立ちあがった貴美子の全身に視線を這（は）わせた。胸のふくらみと、腰の張りは充分である。

「君の爪も見せてみろ」

右隣の女の子の手に、私は眼をやった。かたちはいいが、平凡な爪だった。

「爪の占いなんですか？」

「まあ、そんなもんかな」

「あたしのは？」

「性格は悪くない。マニキュアをしているんで、それ以上のことはわからないな」

彼女は、なぜマニキュアをあまり好まなかったのか。それは、訊きそびれてしまった。私の好みの色を買ってきて、部屋に置いておいた。しろと言えば、それをしたのだ。あのマニキュアの瓶は、いまごろ捨てられているかもしれない。

貴美子が戻ってきた。

「いい女だな。ウェストがくびれてて、脚が細いのがいい」

「あたしのこと？」

「アフターに、付き合えよ」

「アフターだけ？」

「アフターにも、いろいろあるさ」

もうすぐ、十二時だった。女の子たちは、もう店を出ることができて、客と深夜の食事に行ったりする。

「やめておくわ」

「ふうん」

「ほかのお客様のアフターに付き合うわけじゃないのよ。生理でもないし、危険日でもない。でも、今夜はやめておくわ」

「生々しいことを言って、そりゃないだろう」

「あたしもそう思うけど、今夜はいや。女なら誰だっていい、という感じがあるんだもん」

私は、テーブルに眼をやった。

「爪だな」

「なに？」

「その爪のかたちが、気に入ったのにな」

笑って、私は腰をあげた。

高速道路

1

白いポルシェだった。

後ろについて、ぴったり離れようとしない。ポルシェを、ポーシェと発音する女の子と、三年ほど前付き合っていたことを、私は思い出した。スピードメーターは、百三十というところで、私は一度右車線をあけたが、抜いて行こうとはしなかった。前方に遅いトラックがいるので、私は仕方なくまた右車線に戻ってトラックを抜いた。

ポルシェはポーシェというのがほんとうだと言い張った女の子は、私のマセラッティはマゼラーティと発音した。

山小屋へ行くための、よく知っている高速道路だった。もしかすると、ポルシェはバトルを挑んできているのかもしれない。しかし、高速道路のバトルにそれほどの意味はない、と私は思っていた。車の動力性能を較べるだけで、ドライビングテクニックの勝負にはならないのだ。

ポルシェと私のマセラッティ・シャマルは、多分、同程度の性能だろう。加速性能については私の方がよく、最終的な高速性能はポルシェの方がいい。

スロットルを全開にした場合の様子が、私にははっきり見えた。私の勝ちである。お互いに全開にすれば、ある速度に達するまでは私の方が速いということだ。その速度に達してから、むこうが徐々に詰めてくることになる。しかしそれは踏みっ放しでいた場合の話で、そんなことは車がちらほら見える高速道路ではできるはずもなかった。ある速度に達するまでに、前方を塞がれる。だから常に私が引き離し、減速した時に迫ってくる、という状態になるはずだった。

それにしても、車間を詰めすぎている。煩わしい蠅でも飛んでいるような感じだった。私が減速すると、むこうも減速してきた。この先に、オービスと呼ばれる速度測定機が設置されているのだ。ポルシェが、それを知っていて減速したのかどうかは、わからなかった。

オービスの下を通りすぎると、私は徐々に加速した。ポルシェもついてくる。車間は、五メートルといったところだろうか。意図的に詰めているとしか思えない。

次第に腹が立ってきた。

前方が、四、五百メートルあいた。前にいる一台は、飛ばしてくる車をミラーで視認したら、左へよけるかもしれない。そうなれば、二キロはあいているはずだ。

私は、六速に入れていたギアを、深い中ぶかしを入れて、いきなり四速に叩きこんだ。

全開である。二つのターボが、唸りをあげている。回転計がイエローに達したところで、五速にシフトする。思った通り、前の車は左へよけた。私は、踏み続けていた。イエローに達し、六速にシフトした。ポルシェはミラーの中で小さくなっている。前方に、車が数台いた。左からもかわせない。私は続けざまにギアを三段落とした。ポルシェが、急激に後方に迫ってきた。前を塞ぐ車との間隔は二十メートルというところである。

フットブレーキを踏まず、エンジンブレーキだけで減速したので、ポルシェは私に追いついたと勘違いしたのかもしれない。すぐ後方まで来て、急激にブレーキを踏むのがわかった。慌てている。危険だな、と思った瞬間、ポルシェはテイルを振り、見事にスピンすると、左のガードレールにぶつかり、そのまま張りついた。オートマチックの車だったのだろう。つまり、扱い方をよく知らなかったということだ。私がエンジンブレーキで減速したのは、カーブが多い場所だったからというのもある。

大した事故ではない。運転していた人間は死を感じたかもしれないが、スピンしてガードレールに張りつくというのは、一番幸運なぶつかり方である。おまけに、後続車は遠く離れていた。

ミラーの中から、ポルシェの姿はとうに消えていた。追いついてきた後続車が、二、三台見えてくる。みんな、ガードレールに張りついたポルシェを、横眼で見てきたのだろう。その程度の事故だ。

ブレーキランプぐらい、つけてやればよかったのかもしれない、と私は思った。ブレーキペダルにちょっと足を置けば、ランプはつく。それで、私が減速中であることはわかっただろう。しかし、場所が場所だった。私は、本能的にエンジンブレーキを使った。下手(へた)をすると追突される可能性もあったが、突っこんできて急ブレーキをかけたポルシェの運転者の腕は、あまりに稚拙(ちせつ)とも言える。運転技術を超える性能を持った車に乗っていると、しばしば起きることでもあった。

まとわりついて離れようとしないポルシェをうるさがり、引き離そうとした。それが、ポルシェにもスロットルを踏ませた。間接的ではあっても、私が事故を引き起こしたと言えなくもない。

とにかく、生死に関る事故ではなかった。ほかの車を巻きこんでもいないはずだ。さまざまなことを考えて運転している間に、私の降りるべきインターの標示が見えてきた。スピードは、ごくノーマルなものだ。

私はインターで降り、途中のスーパーで買物をして、山小屋へむかった。

小さな小屋である。窓を開け放って風を通し、簡単に掃除機をかけ、暖炉に火を入れる。それで、私のやることはすべて終った。

夕方である。私は下のホテルまで食事をしに降りて行き、八時前には小屋に戻っていた。

本を読むために、私は山小屋へやってきていた。その本は、テーブルに積みあげてある。読みたいものから順番に重ねてあるので、私は一番上の本を手にとった。

山の夜は静かである。初夏でも肌寒いと感じるが、暖炉の火が部屋をそこそこに暖めてはいた。

2

山小屋の生活が五日になり、私は引き払う準備をはじめた。持ってきた本の大半は、読んでしまった。

五日生活をすると、それなりに部屋の中は汚れる。帰りの掃除というのが苦手で、私はいつもそれを管理事務所に依頼していた。だから、ゴミを捨てるぐらいである。

街道に出るまで、ワインディングの山道がかなりあった。

不意に、スカイラインGT―Rが、私の前方を塞いだ。車種に似合わず、とろとろと走っている。

私は抜こうとして加速し、対向車線に出た。すると、GT―Rも加速してくる。箱根あたりの峠道で、街道レーサーと称する連中が、バトルを仕掛ける時のやり方である。

やってやるか。なぜか、そんな気分になった。見通しのいい場所で、ギアを一段落として加速し、並ぶ。GT―Rも踏みこんでいる。先に加速した私の方が、GT―Rを抜いた。これから先、見通しの悪いカーブは、車線をキープして走る。それはルールのようなもので、対向車を驚かせないためにスピードを抑え気味にする。GT―Rもそれは心得ていて、私が減速しても抜こうとはしなかった。この道を、よく知ってもいるようだ。

もうひとつコーナーを曲がれば、しばらく見通しのいい場所が続く。おまけに、かなりきついカーブが多い。私は、中ぶかしを入れてシフトダウンした。

ミラーに、GT―Rが迫ってきた。私は踏みこんだ。アウト・イン・アウトでコーナーの角度をできるだけ緩くし、限界のスピードで切りこんで行く。それができる見通しのよさだった。対向車には、たえず注意を払っている。

二つ目のコーナーでは、テイルを振りそうな感じがあった。カウンターを当てるほどではない。コーナーへの入り際と出際に、シフトをくり返す。死角を補うために、道端にミラーが立っている。それには、見えない道路が大映しになっていた。スプーンカーブというやつだ。私は道を熟知しているので、そのミラーで確かめたのは、対向車の有無だけだった。いない。私は二速まで落として踏みこんだ。テイルが流れかかる。カウンターを当てた。アウトからインへ。そしてアウト。

いきなり、左から抜かれた。GT―Rは、インにはりついたまま曲がってきたようだ。

かっとして、私はテイル・ツー・ノーズに持っていった。それで、車にかかる風圧はかなり少なくなる。スリップストリーミングという現象を利用する技術だが、かっとしていて追突しそうなほど後ろにつけた、というのが正直なところだった。

直線。スリップストリーミングの中から出て、私は踏みこんだ。風圧が強くなるのがわかる。しかし、私の方に余力があった。抜いた。次のコーナーはブラインドで、私は道端のミラーで対向車がいないことを確認し、アウトからインを衝き、アウトに出る時は全開にした。GT―Rは、やはりインにはりついて抜こうとしてきたが、私の方がスピードに乗っていた。今度は、私がテイル・ツー・ノーズにつけられた。直線で抜かれる可能性がある。直線の前のコーナーで、私はひと呼吸早目にスロットルを開けた。テイルを滑らせ、カウンターを当てる。いわゆる、ドリフトというやつで、一時この走行に凝っていたことがある。

ドリフトしたのは、相手にブレーキを踏ませるためだった。パワーをかけたままカウンターを当てていたので、直線での立ちあがりは私の方がずっと速かった。スリップストリーミングを使えないほど、車間は開いている。

再び、ワインディングに入った。対向車が見えたので、スピードを落とした。GT―Rも素直に落としてくる。後方のGT―Rが対向車と擦れ違った瞬間、私はスロットルを踏みつけた。遅れずに追ってくる。二つ三つと、コーナーを中ぶかしの音を響かせながら回った。

　やや広いコーナー。アウトからインを衝こうとしていた私は、眼の前になにかが飛び出して来るのを見て、とっさにブレーキペダルを蹴飛ばした。車が、いきなりスピンをはじめる。このままでは流され、右のガードレールに張りつくことは眼に見えていた。高速道路でガードレールに張りついたポルシェを、私は瞬間思い浮かべた。その間にも、フロントスクリーンの景色は回る。私はフットブレーキを離し、スロットルでわずかにパワーをかけながら、サイドブレーキを引いた。それで車体が流れるのは避けられ、その場で回るはずだ。完全に一回転して元の方向に戻った時に、私はサイドブレーキを戻した。

　車を路肩に寄せて停める。GT―Rも、横になって停まっていた。のろのろと動きはじめ、やはり路肩に停まる。降りてきたのは、二十四、五歳に見える青年だった。

「済まん」

　私は、パニックブレーキを謝った。追突されていても、文句は言えないところだった。

　青年が、強張った笑みを浮かべた。

「いや、ぼくもはっきりと鹿を見ました」

「鹿だったのか。たまげたよ。なんだかわからなかった」

「ぼくの方が距離があったんで、よく見えたんでしょう。あそこでブレーキを踏んでなかったら、撥ね飛ばしてました」

「まったくだ」

「しかし、よくスピンさせましたね。サイドを引いたんですか？」

「とっさにね。車体が流されかかっていたから」

「ぼくの方は、なんとか横になるぐらいで停められましたけど、まだ掌に汗をかいてます」

「俺は、全身冷や汗だよ」

私は、煙草を出して火をつけた。路面には、スピンのあとが黒々と残っている。

「GT—R、足まわりを固めてあるな」

「ちょっとだけです。普段の乗り心地も大事にしてますから。めずらしい車なんでちょっと仕掛けてみたんですけど、もっと若い人かと思ってました」

「降りてきたらおじさんなんで、びっくりしたってわけかい？」

「いや、そんな。ドラテクは、大したもんでしたよ」

ドライビングテクニックを、ドラテクなどと縮める言い方が、私は好きではなかった。それだけ、若くないということなのかもしれない。

「マゼラーティですね」

「ああ」

ポルシェをポーシェと発音した女の子のことを、私はふと思い出した。

煙草を一本喫うと、気持もなんとか落ち着いてきた。

私は青年と別れ、街道へ出てしばらく走り、高速道路に乗った。

鹿にぶつかっていれば、なにもできずそのまま崖に突っこんだかもしれない、とふと思った。死が、眼の前を通りすぎて行ったようなものだ。二十歳そこその青年とバトルをやり、喜んでいる中年男。あまりいい姿とも思えなかった。

ポルシェをポーシェと呼んだ女の子は、どうしただろうか。

高速道路での私の思念は、いつも飛躍する。あの女の子とは、三度ほど関係した。それから、なんとなく会わなくなった。オートマチック仕様の方の私の車を運転させると、なかなかのテクニックを見せた。ローから発進させたり、減速する時にレンジを落としながらブレーキを踏むというような真似をしたのだ。運転はよく憶えているのに、躰の方はどうしても思い出せなかった。

六速で、百三十キロ。回転が低いので、車内は静かだった。私は音楽をかけた。CDはジャズでセットしてあるが、唄の入っていないミュージックテープを押しこんだ。古い映画音楽を集めたものである。一時、映画を観(み)なくなった時期があった。いまは、評判を聞いて、小屋に足を運んだりする。流れてきたのは、フランス映画の音楽だった。

後方に、赤い車が迫ってきた。フェラーリのテスタロッサだ。かなりの距離からパッシングをしてくる。日ごろ私はそんなことに腹を立てるが、大人しく左に移って車線を譲った。テスタロッサが、脇を走り抜けて行く。

「俺は、いい歳なんだから」

自分に言い聞かせた。五十二歳である。老いているとは思わない。私は音楽のボリュームを少しあげ、テスタロッサが走り去った車線に移った。音楽に耳を傾けながら、ただ映画の一場面だけを思い浮かべようとした。雨の夜の高速道路。

しかし私は、晴れた陽の光の中を走っていた。

過去の音

1

ライターの高級品を使わなくなって、何年ぐらいになるだろうか。専ら、使い捨てのライターを使うようになった。安値だし、どこにもあるし、なくしても気にならない。

船では、ジッポを使う。ジッポより風に強いライターもあるが、オイルの匂いがしないのが、もの足りないのである。

持っていた高級品のライターは、ひとつの箱に放りこんで、どこかに収ってある。私は書斎のもの入れをひっくり返し、ようやくその箱を見つけ出した。

十数個のライターが出てきた。こんなに持っていたのか、となんとなく思った。

その中から私が取り出したのは、銀製のデュポンである。蓋を開閉する時の、重厚だが澄み渡った音が好きだった。ジッポの金属が擦れ合う男っぽい音とは、また違っていた。

私は掌に握りこみ、二、三度蓋を開閉させた。いくらかくぐもった音だった。何年も使っていなかったからかもしれない。

ガスもなかった。デュポンなら、専用のガスを入れた方がいいだろう。

私は服を着ると、ポケットにデュポンを落としこんで外へ出た。

タクシーを拾った。時間が正確に読めるので、都心の待ち合わせには電車を使うことが多いが、約束までまだかなり間があったのだ。

タクシーの中で、私はライターの蓋を開けては閉じることをくり返した。音が澄んできて、ほとんど以前と同じようになった。長い間使っていなかったので、くぐもったような音になったのかもしれない。

都心の、繁華な通りで、車を降りた。

私は、まず服屋へ行った。イタリア製のブランド物の服だが、同じデザインで躰にフィットするように仕立ててくれる部門がある。そこで一着、私はスーツを註文していた。仮縫いを済ませると、私はイタリア人の職人と喋りながら、出されたエスプレッソを飲んだ。煙草には、応接セットに備え付けのライターで火をつけた。

時間を見計らってそこを出、近くの書店で註文してあった本を受け取り、デパートの喫煙具売場へ行った。そこで、ライターにガスを入れて貰った。着火の具合は、以前と変らなかった。音も完全に戻ったような気がする。

待ち合わせのレストランへ行った。約束の六、七分前で、彼女はまだ来ていなかった。

私は、ウェイティングのバーのスツールで、ドライシェリーを飲みながら待った。煙草には、ガスを入れたばかりのライターで火をつけた。

彼女がやってきたのは、ちょうど約束の時間だった。私は、二杯目のシェリーをテーブルに運んで貰った。

「十年ぶり、ぐらいかな」

席に腰を降ろすと、私は月並みなことを言った。

「そうね、九年と四ヵ月。十年と言えば、言えるわ」

身勝手な女だった。心のままに生きていると言えば聞えはいいが、わがまま放題で私をふり回してくれもしたのだ。それが別れた時期を正確に憶えているのが、多少意外でもあった。別れたのが春だったのか秋だったのかも、私は記憶にない。

身勝手さには充分磨きがかけられたようで、別れてからはじめての電話が食事の催促だった。それもフランス料理でワインのおいしい店、という註文がついていた。私は、いま付き合っている恋人にでも言われたような錯覚に襲われて、思わず承知したのだった。

料理を註文した。ワインは私が選び、彼女の同意を求めた。

「結婚したんだってな」

私と別れて、一年ぐらい経ってからのことだった。共通の友人は、少なくない。

「結婚したけど、離婚したわ」

「いつ？」

「一年ぐらい前かな」

「浮気でもしたか？」

「あたしが？」

「旦那がさ」

「すごくいい人で、浮気なんかにも縁がなかったけど、つまんなくなっちゃった」

「まったく、勝手なやつだよ」

疑心暗鬼で、私は彼女と別れた。だから、私が捨てたという恰好ではある。しかし別れる直前のころ、彼女はほかの男と食事をしたり、酒を飲んだりということが多くなっていた。捨てたのではなく、私の自尊心が疑心暗鬼に耐えられなかったのだ。

歳月を不自然と感じさせないだけ、彼女はそれなりに老けていた。三十代の後半というより、四十に近いと言った方がいい。

老けていく女は、どこかに惨めさが見えることが多いが、彼女にはそういう感じはなかった。自信たっぷりというわけではない。やはり、ただ身勝手なのだ。

料理が運ばれてきた。ワインのテイスティングもした。私のそういう仕草を、彼女は笑いながら見ていた。彼女が恋人だったころ、私はほとんど酒を飲めなかった。ワインをボトルで取ることなどあり得ないことで、ビールを分け合って飲み、あとは彼女だけウイスキーなどを飲んでいた。

疑心暗鬼で別れたが、私には彼女と同時期に、ほかの恋人がいなかったわけではなかった。ただ、彼女にはわからないようにしていた。彼女は、いつ誰と食事をしたかなど、すぐにわかってしまうのだ。自分で喋ってしまうからだった。

私の方が身勝手なのかもしれないとは、一度も思わなかった。私は、別の恋人を隠す努力をし、彼女は身勝手さを剝き出しにしていた。

「びっくりした」

「なにが？」

「お酒を飲めるようになってる」

「ワイン一本ぐらいならな。酒を飲まずにはいられない日々を送ってきた」

「気障なところは、変らないね」

「悪酔いをする。からみ酒だ」

「面白そう。どんなふうにからむのよ？」

「君は、俺と別れるころ、M・Hと寝たのか？」

以前は、おまえと呼んでいた。君と呼ぶだけ、距離はあるのだ。私は、自分にそう言い聞かせた。

「最低。そんなこと、疑ってたんだ」

M・Hというのは、一部では名の知られた歌手だった。女に手が早いという噂があり、食事をしたと聞いただけで、私の頭には血が昇った。

「あたし、なんで捨てられたのか、全然わかんなくって、悩んだな」

「どうせ、二日か三日だろう？」

「正解。あたしの性格、よく知ってるよ」

「まあ、こんなふうにからむわけだ」

食事が進み、メインが出てきた。しっかりしたフランス料理である。私の年齢では、こういう食事を続けると、かなり躰に負担がかかった。彼女は、平然と食べている。昔から、食べても肥らない体質だったが、いまも変っていないようだ。二本目のワインも、もう半分近くになっていた。

「ところで、久しぶりに俺に電話してきたのは、なにか用事があるからか？」

「別に。時には食事を奢らせようって男のリストに、あなた入ってる」

私は、肩を竦めた。身勝手というより、彼女には他人というものが存在していない。昔から、そうだったのかもしれない。

デザートに移った時、私は葉巻を出し、吸口をカットして、ライターで火をつけた。

2

特別きれいな女というわけではなかった。しかし、どこかで男の気を惹く。

レストランから、近くのショットバーに移っていた。スツールへの腰の降ろし方、煙草の喫い方、ウイスキーの口への放りこみ方。みんな下品で、しかしどこかさまになっていた。私は、レストランで火をつけた葉巻を、喫い続けていた。話しているうちに、葉巻の火は消えたりする。そのたびに、ライターで火をつけた。

「ほんとに、お酒飲めるようになったのね。努力したわけだ」

「苦労と言え」

「あたしと別れてから、付き合った女は？」

「十人ってとこか」

「一年にひとり。いやな感じだね。ひとりと、もっと深く付き合ってみたら？」

「深く付き合えば付き合うほど、男ってのは立ち直れなくなるんだよ」

「という理由を、つけてるだけでしょ」

私は二杯目のソーダ割りだったが、彼女は四杯目のストレートだった。

「前の旦那、まだ立ち直ってねえだろう」

「時々、電話はある。食事したり、お酒飲んだり。だけど、やっぱり面白くない」

「面白いのだけが人生か、君にゃ」

「違うわよ。つらいことも、いっぱいあるわよ。だけど、自分の意思で選ぶことは、面白い方がいいな」

「恋人は？」

「ひとりよ、いつも。当たり前でしょう」

「遊び相手の男は？」

「三人ってとこかな。それにひとり増えたり減ったり」

「婆(ばば)あになると、そのうち誰も遊んでくれなくなるからな」

「よく言うよ、爺(じじ)いのくせして。説教したがるとこ、全然変ってないね」

葉巻が消えていたので、私はライターで火をつけた。客に火を差し出すような店ではない。

彼女が、バーテンに水を頼んだ。はじめてのチェイサーだった。煙草に火をつける。

それからまた、ストレートを一気に呷った。

「酔いたいのか、おい？」

「酔えないよ、これぐらいの酒じゃ」

「俺は、酔っ払いの面倒は看たくないからな」

「わかってるよ。昔から、思いきり飲ませてくれたことなんて、一度か二度しかないじゃない」

「思いきり飲みたけりゃ、ほかの相手を誘うことだな」

昔通りの口調で、私も喋っていた。それでも、おまえから君に呼び方が変ったのが、十年の歳月のためばかりとは思えなかった。彼女のどこかに、なにか乾いているものを感じる。飢えている、と言っていいかもしれない。

黒でまとめた服に、金の装身具。趣味は昔と変っていない。化粧が巧みで、素顔は驚くほど少年ぽい表情だったが、いまはどうなのか。

遠慮がちに、バーテンがまた彼女のグラスにウイスキーを注いだ。彼女はチェイサーを口に含み、煙草を一本喫い終えた。

私は、共通の知人の話をはじめた。共通の知人は、頭に思い浮かべてみても全員男性で、それが不思議ではなく、当たり前のことのような気がした。

男を渡り歩く、というタイプの女ではない。自分の心の中に満たされないものを見つけた時、ただそれが我慢できないだけなのだ。十年というのは、満たされないものが、少しずつ大きくなってくる歳月だったのかもしれない。

私は、ようやく三杯目のソーダ割りをバーテンに頼んだ。葉巻は、まだかなり残っている。彼女と付き合っていたころも、私は葉巻を喫っていた。私の葉巻歴は、もう二十年近くになる。

　彼女が、またウイスキーを口に放りこんだ。手首を返すだけの飲み方で、女がやるものじゃない、と私は昔言っていた。もっとも、あのころは、私の方がすぐに酔うので、一緒に酒を飲むという感じではなかった。

「いつか、俺が気分が悪くなったの、憶えてるか。アルコールが少ないと言われて、甘苦いカクテルを飲まされた時だ」

「初心（うぶ）な女の子を騙す男みたいにね」

「君との恋愛は、俺にはあんな感じだった」

　彼女が、吹き出した。それから、早くグラスにウイスキーを注げと、バーテンに催促した。バーテンも、もう遠慮はしていない。

　三杯ほど、彼女は続けざまに飲み、それからチェイサーの水を呷った。トイレに立つ。化粧を直すのだ。短い時間でも、酒場では二回これをやった。

　戻ってきた彼女の唇には、瑞々（みずみず）しい色が戻っていた。

　それから、ウイスキーの満ちたグラスを手にとってしばらく眺め、口に放りこんだ。

　唐突に、彼女が涙を流しはじめたことに、私は気づいた。男はこれにやられる。そう思いながらも、私はハンカチを渡していた。

「このまま、婆あになっていくんだよね、やっぱり」

老いていくことに対する、不満。彼女の最も大きな不満はそれではないか、と私は思った。そして、満たしようのないものでもある。

「この間、婆あのアル中になっている夢を見たの。昔の友だちが、憐(あわれ)んでお酒を飲ましてくれるの」

「そういう友だちがいるだけで、幸せだ」

「夢の中でもね」

彼女の表情が、泣き笑いに変った。

「ひでえ顔だ、マスカラが流れてきて」

「あと十五秒で、直してくるわよ」

なぜ十五秒なのか、私は訊かなかった。彼女の手がのびてきて、私の首を摑んだ。

「こら、なぜあたしを捨てたんだ。殺しちまうからな」

私はじっとしていた。彼女はすぐに手をはなした。

「十五秒じゃ、人は殺せないな」

言って、彼女はトイレに立った。やはり二度だ、と私は思った。

戻ってきた彼女は、もうスツールには腰を降ろさず、貰っておくというような仕草で、私のハンカチをバッグに収った。

「やさしいところ、あるね、変らずに」

「そうかな」

「帰る。涙が出るまで飲んだら、帰ろうと思ってたんだ」

「送ろうか?」

「やめて。葉巻の匂い、懐しかった。それから、ライターの音も」

言って彼女は笑い、軽く手を振ると店を出て行った。

私はライターの蓋を撥ねあげた。澄んだ、気持のいい音がした。着火させ、消えてしまった葉巻にまた火をつけた。

「過去からの音か」

私は呟き、しばらくライターを見つめていた。

私の四十数回目の誕生日に、彼女が贈ってくれたライターだった。

原則

1

小さなバーだった。

私が行った時、彼はすでにいくらか酔っている気配だった。六年ぶりだということは、電話を貰った時に考えた。ずいぶんと長い付き合いになるが、頻繁に会っていた相手ではない。

「めずらしいな」

彼に呼び出されたことがあったかどうか、私はちょっと考えた。二人きりで会ったことが何度かあるが、若いころのことで、どちらが誘ったのかもよく憶えていない。

「なんとなくだ。なんとなく、会いたくなって電話をした」

酒は、大して飲める方ではないはずだ。飲まないか、という誘いそのものがめずらしい。同窓会の役員などもしていたから、それについての頼みごとでもあるのか、と想像して私は出てきたのだった。うっとうしくはあるが、古い友人に会いたいという気持ももう一方にはある。

バーテンが註文を取りに来て、私はスコッチのソーダ割りを頼んだ。スコッチの銘柄も訊いてくる。私はちょっと考え、適当な値段のものを選んだ。勘定はいつも学生ふうに割勘というやつで、頼むものの値段の上限は黙約のようにしてある。

「変りはなさそうだな、お互い」

「ああ」

会社員なら、定年まであと七、八年ある。それからは、関連会社に出向。それが、会社に勤めている人間の、普通のありようなのだろう、と私は思っていた。彼のいる会社は、言えば誰でも知っているような大会社で、不況の影響もそれほど大きくはないようだ。古い友人の中には、早期退職をした者もいれば、重役に昇って定年など関係ないと言い放っている者もいる。私は会社勤めの経験がなく、そのあたりの機微はよくわからなかった。自由業には自由業のつらさがある、という思いもある。

ようやく、ソーダ割りが出された。客はほかにひと組いるだけなのに、ずいぶんとのんびりした店ではあった。

グラスに口をつけ、ステアしないでくれと頼むのを忘れたことに気づいた。私は、口の中でソーダが弾けるような感触が好きだった。それを知っている行きつけの店では、決してソーダ割りをステアすることなどない。本来ならステアして出すものだから、文句を言う筋合いではなかった。

「最近、時代劇を書いただろう？」

「前から、書いちゃいるんだが」

時代劇という言い方に抵抗を覚えはしたが、あえて修正もしなかった。もともと、本とはあまり縁のない人生を送っている男だ。

「うちの会社に大ファンがいて、出るたびに買って読んでいるみたいだ。同級生なんだぞ、と思わず言ってしまいたくなるな」

「男だろうなあ。女の熱心な読者なんていう、うまい話はないよな」

「女が読者だと、うまい話なのか、おい？」

「気分としては、なにか得をしたみたいでな」

「それじゃ、男の読者は浮かばれんな」

「ま、買って貰えるのはありがたいが」

高校時代の同級生だった。クラブ活動が一緒とかいうことではなかったが、七、八人のグループがあり、その中のひとりだった。私は運動部系のクラブに所属していて、そのころの連中は大勢で集まりたがり、飲み方ももっと豪快だった。七、八人は、なんとなく気が合っていたということなのか。私が出た試合の応援に来たことなどはあるが、運動部系はいなかった。

しばらく、その七、八人の話題が続いた。正直なところ、会ったとしても話をすることはあまりない。お互いの老け方を確かめる、という程度なのだ。それでもなんとなく会いたい気分になるのが、旧友というやつなのか。違う世界の情報など、具体的な狙いがなければ、それほど仕入れられるものでもない。

　私はバーテンを呼び、二杯目のソーダ割りをステアなしで頼んだ。

「死んだの、ひとりだけか」

　不意に、彼が言った。まだ早すぎるにしても、死ぬ人間がひどくめずらしいという歳ではなかった。ただ、七、八人のグループのひとりは、二十代の終りに事故で死んだのだ。彼の言い方は、いかにも唐突だった。

「なんだよ、おい。どうしたんだ？」

「いやね、ちょっと気になったりすることがあるんだ。仲間内で、誰が死んで行くんだろうかと。俺かもしれないし、おまえかもしれない」

「そりゃ、みんな同時に死ぬってことはないさ」

「誰かが死んで行くのを、誰かが見ているという構図が、これから続くということか」

「おい、おまえ、なにかあったのか？」

「いや、あったらということを、しばしば考えるようになった」

　私は、グラスを口に運んだ。ソーダが、口の中で弾けた。彼が、煙草に火をつける。

一瞬、彼の名前がなんであるのか、頭に浮かばなくなった。友だちという、漠然とした、顔のない姿がいくつも浮かんでくる。そして、それがひとつずつ消えて行く。その友だちの中に、彼だけではなく、私自身もいるような気がしてきた。

　私は、煙草に火をつけた。私は煙草を指に挟んだまま二杯目を飲み干し、三杯目を頼んだ。灰皿は眼の前にあったが、水滴がついていて、置くと消えてしまいそうだった。

　バーテンは、やる気があるのかないのかわからないが、頼んだものを頼まれた通りに作る。

「俺は、あまり考えたことはないな。死ぬ時は死ぬ。そんなもんだろう」

　小説家であるという理由だけで、気ままな生活を許されているが、私にも家族があり、しばしば健康については心配される。死ぬ時は死ぬなどとは、ただ言ってみるだけのことだった。

「いいな、自由業は」

「いつ、どこでくたばっても自由、というのも入っている、と思ってくれよ」

「だけど、おまえはこの歳まで、うまくやってきた」

　バーテンが、やっと三杯目を出してきた。もうひと組の客は、テーブルでアイスペールを挟んでむかい合い、セルフサービスで水割りを作っている。若い客だった。

「どうしたんだよ、おい。おまえ、ほんとにおかしいぞ」

「実は、会社を辞めた。早期退職っていうのかな。一年分の給料は、退職金に上乗せしてくれる。それでまとまった額にはなるんだが、どうも、俺が思っていたほど、会社は俺を必要としていないらしい」

「そういうことか」

不景気というやつは、大会社でも変りはないのかもしれない。私と同世代の人間が、その波をまともに受けている、という話も聞いていた。

「めずらしいことでもない」

「それは、そうなんだろうが」

私には実感がない。それも確かなことだった。消えて行くということが、しばしばある世界でこれまで生きてきたのだ。会社を辞めても、退職金に一年分の給料を上乗せしてくれるような状況は、ある意味では夢みたいなものでもある。

「で、どうする？」

「経験を生かす。それしか生きるすべはないだろう。新しい会社を立ちあげることにした」

「なるほどね」

「ま、経験だけは若い者には負けない。人脈もあるしな」

「まったくだ。大学を出て、伊達(だて)に三十年も生きてきたわけじゃない」

彼は、ちょっとだけ頷いたようだった。私はいつの間にか三杯目を飲み干していたが、四杯目を頼もうという気にはならなかった。

「どうだ、おまえも出資でもしてみるか。寝ていても、大儲けをさせてやるぞ」

「出資ね。株主様になるのも悪くない気がするが、柄じゃないな」

「確かにな。おまえが株主じゃ、俺も安心して仕事はしていられんよ」

笑った。今夜は、この報告をするために私を呼び出したのだろう、と思った。みんなで集まっているところでは、言い出しにくいことなのかもしれない。重役になる人間は、なってしまっている。つまり、定年までのんびりというような時代ではなく、勤め人の道もきれいに二つに分かれてしまっている、ということなのか。

「まあ、これから国を動かすなんて仕事はできんが、上司の顔色を窺って生きるなんてことも、しなくて済みそうだ」

また、彼が笑ったように見えた。

私は四杯目を頼み、それを飲み干したら切りあげようと考えていた。

2

秋の台風のシーズンを避けて、私はあまり海に出ることがなくなっていた。秋の気象の変化は、真冬ほど読みにくいものではないが、船にとっては中途半端な季節であることは間違いなかった。

その男が現われたのは、私がマリーナに出かけ、船のメンテナンスを終えようとしているころだった。

「実は、菊池に融資なさるという話があって、それを確かめに来たんですが？」

私が菊池と会ったのは、もう二週間も前になる。会社を辞めたと言ったが、もう新しい会社の立ちあげにかかったのかもしれない。

「株主になれ、と冗談のように言われましたがね。そんな余裕はないし」

「それでも、船なんかを持っておられる」

「だから、余裕がないんですよ。無理して持ってるわけだから」

こんなところまで、知らない男が確かめに来るのは、おかしなことだと私は気づいた。こういうことにはうといところがあるが、いままで騙されたなどという経験もなかった。

「出資ではなく、融資と言われましたか？」

微妙に、ニュアンスは違った。厳密には、意味も違うだろう。

「私の方で、いま二千万の返済を菊池に求めているんですが、先生の融資があるまで待ってくれということで。同級生でいらっしゃるということはずっと聞いていましたし、ここにおられることも、菊池が教えてくれました」

菊池が私の事務所に電話を入れ、秘書がマリーナに行っていると答える。それは、あり得ることだった。私の古い友人として、秘書は菊池の名を把握している。

「融資をする余裕はまったくありませんが、菊池はそれほど資金を必要としているのですか？」

「もう、あの会社はやめた方がいい、と思いますね。三年前に立ちあげた時から、無理なところはあったんです。いや、もう傷は拡げすぎている」

実直そうな、私と同年配の男だった。

「菊池が先生のことを言っても、それほど信用してはいなかったんですが、私はあの男が嫌いではありませんでね。それに、前の会社にいた時は、ずいぶん世話になりました」

三年という歳月が、暗く私にのしかかってきた。二週間前、金を借りたいという用件で私を呼び出しながら、菊池は言い出せなかったのだろう、ということもわかった。

「友人としては、返済を待ってやっていただきたい、という気持はありますが」

「それはそれ、でしてね」

男は力なく笑い、軽く頭を下げて立ち去った。

その翌日から、私のところに金を返せという電話が四本ほどかかりはじめた。それは強引な要求ではなく、一応言ってみるという感じだったが、愉快なものではなかった。

私は、電話を弁護士に回すことにしたが、一応、菊池には連絡を入れた。自宅の電話も、都合で使われていない、というインフォメーションが流れた。

それからしばらくは忙しく、私は菊池のことを頭の隅に押しやっていた。

別の件で、弁護士と会った。

「ところで、菊池の話は、あれからどうなったんだ？」

まだ三十代の弁護士で、もともとは親父の方が私の顧問弁護士だった。四年前に死んでいた。息子の方も優秀だ、という話だったが、面倒なことが起きていないので、私にはよくわからなかった。

「あれは、ひどい話でした。先生の名をかたっての、寸借詐欺というところですかね。無論、先生にはなんの関りもないことで、放っておいていいんですが」

「詐欺って、どの程度の？」

「二万、三万っていう程度のが四、五件。菊池秀明は、失踪中です」

「俺の名を騙るったってな」

「ま、ゼロがひとつ多けりゃ、誰も貸しはしなかったでしょうが。貸した方も、電話をしてきた段階では、苦情を言うって程度でしたよ。こっちには、謝る筋合いもないし、もともと貸した人間の責任なんです」

「借りる時に、俺の名を出したってことか。俺は銀行じゃないぞ」

「だから、先生が四、五千万融資することになった、という話をまことしやかにしていたんです。それから、持ち合わせがないとか、財布を忘れたとかいう理由で、ちょっとばかり貸しておいてくれ、というようなことです。パチンコで夢中になっていたら、タクシー代がなくなった、というのもありました」

「そんなんで、貸すやつがいるのか？」

「まあ、二、三万ですから。破産する人間の、最後のあがき。いや、破産しちまってから、というケースもしばしばありますが」

「わからんな」
二、三万なら、私も貸しただろうか。貸しはしなかった。菊池の落魄から眼をそむけたくて、ただ進呈すると言ったはずだ、と思った。落魄が、はっきり見えればだ。
「有名税と思ってください」

菊池と飲んだ酒を、思い出さずにはいられなかった。やる気のないようなバーテンの作るソーダ割りを、四杯飲んだ。自分の方がずっと多く飲んだから、という理由で、勘定は菊池が払ったのだ。一万六千円だった。本来なら、半々に払うはずの金だった。

「まあ、いいか」

「そうですよ。別に、実害が出たというわけでもありませんし、恐縮している人もいましたから」

八千円、私は菊池に借りを作っていたことになる。学生のころから、割勘の原則は崩したことがなかったのだ。

まあ、いいか、というのは、失踪した友人に、八千円の借りがある、ということについて思ったことだった。

晴れた日

1

油の臭いが籠(こも)っていた。

機械油と燃料の入り混じったこの臭いを、私は不快と感じたことはない。船のエンジンルームだった。二ヵ月に一度ぐらいは、私はそこに二、三時間入りこんでいる。二つのエンジンの中央に腰を降ろし、自分でできる範囲で、点検するのである。

船のエンジンは、車と違って、故障すれば停まればいい、というものではない。故障が、そのまま漂流に繋がったりするのだ。だから、漁船のように毎日動かしたりしないプレジャーボートには、エンジンが二基載せてある場合が多い。

頻繁に動かしていると、機械は故障しない。船のエンジンだけのことではなかった。

油の臭いに包まれて、私はひとつずつ点検していく。エンジンオイル、ミッションオイル、冷却水、燃料フィルター、ベルト類、ケーブル類。錆(さび)の出そうなところには、グリスを注入する。

時々、私はエンジンルームから這い出して、後部甲板で煙草を喫った。クルージング日和だった。それは、天気図できのうからわかっていたことだ。私は、数字を羅列する短波放送から気圧を聴き取り、天気図を作ったりすることもある。いまは気象ファックスというものもあるが、数字に集中するのは、執筆の合間の気分転換によかった。

絶好のクルージング日和に、メンテナンスに精を出す。自虐的なものが、ないわけではない。

声をかけられた。顔見知りのエンジニアが、浮桟橋に立っている。

「なに、トラブル？」

「いや、点検整備」

「こんな日に」

こんな日だからこそ、という言葉を呑みこみ、私はただ頷いた。エンジニアが船に乗り移ってきて、かすかに揺れた。

船にも、船齢というものがあって、重点的に整備しなければならない個所（かしょ）がそれによって異なる、と教えてくれたのはこのエンジニアだった。私は、それについてはしっかり守っているので、航海中のエンジントラブルは一度も発生していない。

「いいようだね」

エンジンルームを覗きこんで、エンジニアが言った。

「わかるのかい、そんなんで」

「よく整備してると、エンジンルームも自然にきれいになるんだよ。整備してない船は、汚れて塩が溜(たま)ってたりするもんよ」

「そんなもんか」

エンジニアは、それから鰤があがりはじめた海域の話をし、今年使っているルアーについて私に質問した。鰤ならば、グリーンに赤が混じった弓ヅノだろう、と私は答えた。マリーナで交わされる会話とは、大抵そういうものだ。

早朝に出港したらしい船が、一隻帰ってきた。釣果ははかばかしくないらしく、フライブリッジから、顔見知りのオーナーが、肩を竦めるような仕草をした。海況がよければよく釣れる、というわけでもない。

「さてと、ばらさなきゃならないエンジンが五つもある。オーナーにせっつかれていてね。ひとつはピストンが突き抜けてるんで、多分駄目だろうけど」

エンジニアが、浮桟橋に戻っていった。私は、油のしみがついたつなぎの後姿を、しばらく見送っていた。二本目の煙草に火をつけている。それを喫い終えるまで、私は後部甲板にいた。

最後にやるのは、ストップソレノイドの作動点検と、燃料噴射ポンプのエア抜きで、いくらか専門的な作業になる。

陸上からコードを引いて電気を取っているので、船上の機械類も計器類も、すべて作動させることはできる。

ポンプのナットを少し緩め、セルを回してエアが噛んでいないことを確認した。同時に、ストップソレノイドの作動も見ることができる。ナットを締め直し、両舷のエンジンをかけた。快調である。船のエンジンは、二重に冷却するようになっていて、車と同じ冷却水をさらに海水を回して冷却するという構造になっている。海水が回らなくなると、オーバーヒートで焼き付いてしまうのだ。ばらさなければならないエンジンは、大抵はその焼き付きだった。

私は、エンジンルームに腰を降ろし、しばらくエンジンの音を聞いていた。

船をやるようになってから、エンジンの音には敏感になった。たえず、漂流の恐怖がある。そういうものに無頓着になった時に、トラブルの予兆を見逃すのだと、エンジニアは言っていた。

十分ほどでエンジンを停め、収納作業に入った。時化た海を航走る時もかなりの運動量になるが、エンジンルームのメンテナンスも全身に汗が噴き出すほど動き回らなければならない。

すべてを片付け、エンジンルームを清掃すると、私はハッチを閉じた。

マリーナのクラブハウスで着替えをし、手を洗った。指さきの油汚れは落ちたが、爪に溜った黒い油は、ブラシでも使わなければ無理なようだ。

レストランで、サンドウィッチの遅い昼食をとった。食欲がないということは、まずなかった。食べ過ぎの方が心配だと、ホームドクターにはよく言われる。血圧と、血糖値がいくらか高かった。

躰が、もういいと言ってるんだよ。気持とは別に、躰がもう生きたくない、と言ってる。病気ってのは、そういうもんだ。

医師になった高校時代の同級生と、数年ぶりに会った時に、そう言われた。乱暴な言い方だが、当たっている、という気もする。もっとも、私に病気らしい病気はいまのところない。血圧も血糖値も、病気と健康の境界線あたりを揺れ動いていた。

「布良瀬(めらせ)に、魚群がいたんだけどね。どうも、大型の魚だったな。鰹(かつお)でも食いに来てたのかもしれん。ルアーには、見向きもしなかった」

さっき帰港してきた船の、オーナーだった。コーヒーカップを、受け皿ごと運んできて、私の前に座りこんだ。

「あのあたり、黒潮との境だね。鳥も集まってるし、これからしばらくはいいポイントだよ」

「今朝、何時に出たの？」

「午前三時。船で泊ってさ。陽の出とともにルアーを流した。来る、来ると思いながら、気がついたら太陽は頭の上よ」

「さもしすぎたな、ちょっと。午前三時ってのは、なにがなんでもって感じが強すぎる」

「まあ、縁がありゃ魚の方が食らいついてくるってのが、あんたの持論だからな」

薬品関係の会社のオーナー社長で、ウィークデーでも、よくマリーナで顔を合わせる。

土日に船を出すことが少ない私が、よく会うメンバーのひとりだった。

「しかし、趣味だね、メンテナンスが。その分、おたくの船はトラブルがないみたいだけど」

「趣味でやってるんじゃなく、用心してるわけ。もともと臆病でね」

「無茶なやつより、海の上じゃましだよ」

違う世界で生きている同士だから、話す内容も取りとめがないことが多い。

私は残ったミックスサンドを口に入れ、コーヒーを飲み干すと、軽く挨拶をして席を立った。

クラブハウスを出る前に、洗面所へ行ってもう一度手を洗ったが、爪に溜った黒い油は落ちなかった。

2

横浜にある病院だった。

私の船が置いてあるマリーナは、三浦半島の突端近くにあるので、私の家への帰路に、病院に寄ることができる。

行きたくないという思いがどこかにあり、私は船のメンテナンスを理由に、無理に自分の躰を自宅から押し出したのだった。

高速道路を走っていても、スピードをあげようという気にはならない。左側の車線で、なんとなく横浜まで走り、病院の駐車場に車を入れた。

病室はわかっていた。病院の床は、不必要に磨きあげられているようで、照明をいやな感じで照り返している。私は、爪の汚れを気にしていた。

ドアの横に、名札がかかっている。

見舞いの品というのが私は嫌いで、自宅から直接送らせた。なぜ嫌いなのか、考えたことはないが、ドアの前に立つと、手ぶらであることが妙に気になった。

ドアを開ける。衝立（ついたて）のようなものがあり、中西の姿は直接見えない。ただ、天井から下がった器具に、点滴の瓶がかけてあるのは見えた。そこから出ている透明な管の下に、中西の腕があり、点滴の針が入っている。

ドアを開けた瞬間に、そういう情景のすべてが、私の頭をよぎった。

「玲子？」

中西の声だった。いかにも気力が失（う）せた、嗄（しわが）れた声だった。

「よう」

「なんだ、おまえか」

中西の声に、張りが出た。無理に出したようにも、私には思えた。

ベッドのそばに立ち、笑顔を浮かべた。多分、笑顔になっているはずだ、と私は思った。中西の顔の色はドス黒いという感じで、笑うと差し歯が異様に白かった。

「調子、どうだよ？」

ありきたりの科白しか、私の口から出てこなかった。

「まああだな。肝生検ってやつをやった。外から針を刺して、細胞を採るんだ。眼も当てられない惨状らしいが、回復は可能だと言ってたよ」

「痩せたぜ、おまえ」

「医者が、めしを食わせねえからだ」

中西は、肝臓にアルコールを注入して、ガン細胞を殺す、という治療もやったはずだ。ほかに転移があるので、応急処置のようなものだ、と中西の妻は言っていた。

「酒が飲めねえんで、痩せたんじゃないのか。おまえの栄養は、酒だったからな」

「いや、もう酒はいい」

言って、中西は束の間、私から視線をそらした。

中西の病気が発見されたのは、大量の吐血をしたからだった。食道の静脈瘤が破れたもので、命に関ることだったらしいが、病院に運ばれたのが早かった。

食道の静脈瘤と肝臓がどういう関係があるのか私にはわからないが、中西の具体的な病名は、肝臓ガンだった。

私とは、しばしばコンビを組んで雑誌や新聞の連載をやった、画家である。私の小説をよく理解して、絵を描いてくれる。時には、絵に触発されて、小説が変ってしまうことさえあった。

余命が数ヵ月だということは、数人の仕事や友人関係にだけ知らされた。

「おまえ、船の帰りか?」

「わかるか?」

「どうせ、そんなもんだろうさ。ついでに見舞いに来る、というようなやつだよ、おまえは」

「ついでに、船に行った。そういうことさ」

私は、爪の汚れを気にしていた。

「最近、眼がひどく疲れてな。おまえの連載も読んでない。このまま、見えなくなるんじゃないか、と思うぐらいだ」

「そりゃ、まあ、こんな状態だからな。眼も、いろいろと見たくないと言ってるんだよ。もういいってな」

「眼が、そう言ってるのか」

　中西が笑った。

「確かに、見たくもねえものが多いよな、この世は。なにもかもぼんやり見えていると、俺はいい絵が描けるようになるかもしれん」

　私は、煙草を喫おうとしてポケットに手を突っこみ、病室であることに気づいて、やめた。中西は、私の二倍は喫うヘビースモーカーだった。

「魚、釣れたのか？」

「いや」

「外は、天気がよさそうだったがな」

「こんな日は、意外に釣れないんだ。魚が、ルアーをよく見きわめる」

「鮪のでかいやつ、俺は待ってるんだぜ」

「持ってくるのはいいが、いまの状態じゃ、食えもしねえだろうが」

「もうすぐ、死ぬ。時々、死ぬ間際の情景が浮かんでくる。やけに、リアリティってやつがあるんだ。女房がそばにいたりして」

「よせよ」

「この肝臓じゃ、長く生きられないと医者は言ったよ。はっきりとな。しかし、一度は回復して、十年は使えるだろうとも言った」

中西も私も、五十二歳だった。あと十年生きたとしても、やはり短すぎる。中西は、病気が肝硬変だと言われているようだ。

「十年使うためには、酒は禁忌だそうだ」

「ざまあみろ」

中西の酒癖で、迷惑を受けたことが、一度ならずあった。といっても、たちの悪いものではなかった。

私は、椅子に腰を降ろしたまま、爪の汚れを取ろうとした。やはり、ブラシかなにかがなければ無理なようだ。それとも、切ってしまうしかない。

中西の爪が、かなりのびていた。しかし、のびたところに垢などはまったく溜っていない。白い、きれいな爪だ。

「もう、帰れよ、おまえ」

「疲れたか。悪かった」

「そうじゃねえ。連載が六本だろうが。原稿が遅れると、画家が泣くぜ」

「病人が、余計なことを心配するなよ。それに、泣く画家ってのは、おまえじゃない」

「まあな。絵組みをしてる画家の姿を想像すると、ちょっとは愉快じゃある」

ドアが開き、青年がひとり入ってきた。私を見て、頭を下げる。大学に行っている、中西の次男だった。

「もっと静かに入ってこい」

中西が言った。次男は、ちょっと肩を竦めた。私は中西の腕のあたりに軽く触れ、椅子から腰をあげた。

「お帰りですか？」

「先生は、連載が六本だ。六本」

送ってこようとする次男を押し止め、私はひとりで病室を出た。

爪の汚れが気になったが、もう一度洗おうとは思わなかった。

外は、相変らず晴れている。

きのう釣った魚

1

海況はよかった。

微風で、波はほとんどなく、後部甲板(アフトデッキ)にいると快適だった。こういう日は、意外に魚は釣れない。魚ものんびりして、捕食活動が鈍るのかもしれない。

トミーはツナタワーに登り、むきになって鳥の姿を捜している。鳥が集まっていれば、そこには追われた小魚がいて、その小魚を食いにいくらか大型の魚が来る。大抵は鰹とか鯖という種類のものだ。それを食いに、さらに大型の魚が現われ、人間はそれを狙うのである。

海の食物連鎖を、人間が乱していることになるのかどうか、私にはよくわからなかった。人によって、多分意見が違うだろう。私はただ、魚が釣れたら喜んで食うだけである。

船は、低回転で走っていた。デッドスローよりいくらか速いが、海面を眺めていると眠くなってくる。高気圧がしっかりしていると、秋にもこういう気象はめずらしくない。

ルアーは、四本流していた。アウトリガーから出しているのは、大物用である。私は、待つという気分すらなかった。陽の光が心地よく、私はファイティングチェアの背もたれを少し倒し、まどろんでは眼醒めるということを、くり返していた。

いやなことが、いろいろとあった。生きているかぎりそうなのだと自分に言い聞かせても、やはり気分が滅入る日が多かったのだ。海の上でのんびりしていれば、そんなことのすべてが忘れられるというわけでもないが、まどろむぐらいのことはできる。

船が方向を変え、後部甲板がツナタワーの陰に入った。さらに方向が変り、反対側から陽が射してきた。トローリングは、太陽を背にするのがセオリーである。海中で、ルアーが鮮やかに見えるのだ。しかし、いつまでも太陽を背にして流す、というわけにはいかない。やがてポイントとしている海域から、はずれてしまうからだ。決めた海域の中を、たとえ斜めでも一応は太陽を背負ったというかたちで、ジグザグに走り、海域を出そうになったら、スピードをあげて戻る。それが、通常のやり方だった。

トミーは、投げることなく、そのセオリーを守り続けている。

いくら粘っても、魚が来るという気が、まったくしなかった。私は、またまどろみはじめた。エンジン音の中に、舳先が波を切る音が入り混じる。揺れは、ほとんどなかった。まどろみの中で、私は古い友人と話をしていた。いや、古くはない。私自身も、十代後半の少年だった。

今年じゅうに、俺は必ず女を経験してみせる。友人が言っていた。私が経験しているはずがないという口調だったが、私はすでに二人経験していた。それを、友人に告げるべきかどうか、迷っていた。かなり重大な問題で、私は考えこんだ。友人は、なんとなく女の友だちができて、なんとなくそんなところにまで発展すると、漠然と考えているのだった。

夏休みももう終ったんだ。私は、友人にそう言いかけた。私が、二人目の経験をしたのは、夏休みの間だった。

「ヒット」

叫び声がした。私は瞬間、友人が女性体験に成功したのだ、と思った。クリックが、鳴っていた。魚がヒットしていることに、私はようやく気づき、リールに飛びついた。アウトリガーから流していた大物用の方で、クリックの音は熄んだが、ロッドには確かに生きているものと繋がっている、強い感触があった。魚は、船の進行方向と同じに進んでいて、そのためにラインにそれほどのテンションがかかっていないようだ。

「大物です。アウトリガーのリリースピン、一瞬ではずれましたから」

ツナタワーから、トミーが叫ぶのが聞えた。

「アウトリガーが、しなる余裕もなかったぐらいですよ」

アウトリガーのリリースピンは、十キロに設定してある。つまり十キロの重さがかかったら、はずれる。魚の圧力は直接ロッドにかかってきて、強すぎたらリールのドラッグで調整するということになるのだ。ドラッグは十三キロで調整してあるので、それ以上の力がかかったら、ラインが出て行く。

いまのところ、大きな圧力はかかっていなかった。魚が同じ方向に泳いでいるのか、思ったほどの大物ではない、ということだ。

「おかしいな。そんなに引っ張ってませんね」

ツナタワーの上から、トミーが叫ぶ。陸上ではたやすく届く声も、海上では拡散するので、どうしても叫ぶことになる。

私は、ストライクポジションのまま、ゆっくりとリールを巻いてみた。これだと、急激に力が加わっても、ラインは引き出されるだけで切れない。

巻きはじめて数秒経った時、なにかおかしな感じがした。微妙に軽くなったという感じなのだ。次の瞬間、ロッドにもリールにも、異様な力が加わった。全体が震動したと思ったら、もうロッドは弛緩し、ラインの張りも失せていた。

私は、茫然としていた。

大物の力を削ぐためのドラッグが、その働きをはじめる前に、ラインが切られたのだ。よほどの大きな力がかかった、としか考えられなかった。おそらく数百キロの力だろう。

「これで、切られちまったんですか？」

ツナタワーを滑り降りてきたトミーが、リールを覗きこんで言った。ドラッグはストライクポジションで、ラインのたるみはなかった。すべて、セオリー通りだったのだ。

「これで、切れちまうなんて」

「瞬間だった。ドラッグを緩める暇もなかった」

「鮪、ですかね?」

「さあな」

「アウトリガーのリリースピンのはずれ方も、普通じゃなかったですよ。アウトリガーがしなるより、リリースピンに力が加わる方が早かったってことになります」

「解説してくれなくても、いまならわかる。あの瞬間は、なにが起きてるのかわからなかった」

「俺もです」

「まったく、釣りってやつは、どんなことでも起きるんだな」

私は、テンションのなくなったラインを、巻き取った。ラインブレイクをしないように、点検は怠っていない。切れたあたりのラインは、陽の光に翳すと白濁していた。普通は、透明なのだ。それだけ、のびたということだった。

「狡猾なやつだった。切れるまで、それほどのテンションはかかっていなかったんだ」

「つまり、船を追うようにして泳いできて、騙したってことですか?」

「かたちとしては、そうなっていたと思う。俺も、ほんとうに大物かどうか、疑っていたよ」

「いままで、そうやって何本もラインを切ってきたんでしょうね」

逃がしたというには、あまりに呆気なかった。こちらは、すべての準備は整っていたのだ。どんな大物でも、多少のやり取りはできるはずだった。

不意に、くやしさがこみあげてきた。

「トミー、船は？」

「大丈夫ですよ。オートパイロットに、レーダーも回してますから」

「俺は」

「よしましょう、船長。とんでもない大物と遭遇した。それは、俺と船長だけが知ってることですから」

「逃がした魚を、俺が自慢すると思うのか、トミー。明日も、船を出す。そう言おうとしただけのことだ」

「船長、仕事だって言ってたじゃないですか」

「構うか、そんなこと」

トミーが、肩を竦めた。

私は船室へ入り、この海域の海図を出した。十分ほど、じっと見つめていると、なにか見えるような気がした。どのあたりに、あの魚がいるのか。

「トミー、今日は島の夕めしだ」

後部甲板に出て、私は言った。トミーは、黙々と切られてしまったタックルの収納をしている。

2

午前四時に、出港した。

まだ夜中と同じで、視認が必要な出港時は、サーチライトをつけた。あとは、レーダーとGPSが頼りである。

ポイントと決めた海域に到着したのは、五時過ぎで、ようやく明るくなろうとしていた。私は昨夜遅くまでかけて作ったタックルをロッドに装着し、流した。四本流したが、四本とも大物用である。

海は、きのうよりはいくらか荒れている、という程度だった。トミーはまだツナタワーには登らず、ギャレーで朝食を作っていた。かなりの時化の時でも、トミーは器用に食事を作る。オートパイロットを設定してあるので、船は一定方向へ進み続けていた。ルアーを流してしまうと、私にやることはなにもなかった。トローリングは、タックル類の準備をし、ポイントにする海域を選択した段階で、半分以上は終っている。あとは、待つということが重要な仕事だった。

トミーが運んできた朝食を、私はファイティングチェアに腰を降ろしたまま食った。ベーコンとトマトとチーズの、オープンサンドである。チーズは、いい具合に溶けていた。コーヒーまで付いている。

「まったく、おまえは重宝するよな」

学生で、あまり勉強は好きではなく、少しでも海の上にいたいという男だ。私の船に乗るようになってから、一年以上が経つ。操船のテクニックも、なかなかのものだ。

「トミー、めしを食い終ったら、三十度、百二十度とジグザグを切れ」

「アイ・アイ・サー」

釣りでは、なにが起きるかわからない。きのうのようなことがあると、改めてそれを思い知ることになる。トミーも、多分同じ気持だろう。オープンサンドをくわえたまま、ツナタワーに登っていった。

陽が完全に昇ってきた。

私は、やや緩めのドラッグ調整で、ヒットを待ち続けた。西風が吹き、太陽を背にすると、むかい風になる。船体には、時々衝撃が来た。波をかわさなければならない、というほどではない。

二時間、流した。鳥が集まり、海面に突っこんでいるところがあったが、なんの反応もなかった。小さなルアーを流すと、鰤などがかかってくるのだろう。

二時間半経ったころ、不意に左舷のアウトリガーがしなった。クリックが悲鳴をあげた時、私はもうリールに取りついていた。トミーが、急加速する。そうやって、魚の口にしっかりと鉤をかけるのだ。ストライクポジションで、ラインはまだ出ていく。

十秒ほどの加速で、船はまたデッドスローに戻った。私はハーネスを付け、ロッドをファイティングチェアに移した。ツナタワーを滑り降りたトミーが、素速くほかの三本を取りこんだ。魚が暴れ回ると、ラインが絡みかねない。

「でかいですね」

私は頷いた。しかし、きのうの魚ほどでかくはない。しばらくドラッグでやり取りをすると、ラインは出なくなった。

「これはカジキだが」

ラインは、水平に出ていた。そして、あまり横に振れない。鮪でもなく、シイラでもなかった。

「カジキにしては、大物じゃない」

私はドラッグをいくらか締め、ポンピングで少しずつラインを巻きとっていった。不意に、カジキが水面から飛び出してきた。テイルウォークというやつで、尻尾で海面を歩いているように見えるので、そう呼ばれている。ラインにたるみを作らなければ、それで切られることはまずない。そして空気を吸ったカジキは、急速に力を失うのだ。

私は、スピードをあげてリールのハンドルを回した。重たいものが、ぐいぐいと近づいてくる。しばしば抵抗を見せるが、強いものではなかった。

トミーも、ギャフを構えてはいない。ギャフをかければ、魚体が傷つく。

軍手をした手でラインを摑み、少しずつ引き寄せはじめる。私もハーネスをはずし、ロッドを置き、革の手袋をした。

ブルーマリーンというやつだ。日本ではなぜか、クロカワという。五十キロほどで、小型もいいところだった。

「中学生だな、こいつ」

「そっとやりましょう、そっと。硬い上顎にフックしてますから」

口の横にフックしたりしているより、むしろよかった。引き寄せたカジキの角を、私は革の手袋をした手で摑んだ。角のところはざらざらで、ヤスリのようになっている。素手で摑むと、ひどいことになるのだ。トミーが上体を海面に乗り出し、器用にフックをはずした。上顎から出血しているが、大きな傷ではなかった。

「船長、もうちょっと握っててください。写真は撮っておきます」

キャビンに駈けこんだトミーが、インスタントカメラを持ってきて、二枚撮った。

私は、カジキの角をそっと放した。

カジキは、放心したように一度腹を見せ、それから身を翻して泳ぎ去った。

百キロに満たないものは、リリースする。ただ、写真だけは撮っておく。それが、私とトミーで決めた、この船のルールだった。

「あがろうか、トミー」

「いいんですか、もう？」

「きのう釣った魚を、もう一度狙おうというのが馬鹿げたことだと、いまなんとなく気がついた」

「せめて、写真だけでも撮っておきたかったですね」

「忘れないさ。写真を見なけりゃ思い出せない、というような魚じゃなかった」

「人生にも、そんなことがあるんですか？」

「写真でしか思い出せないことなんて」

「人生に、大きな意味があることじゃない」

「おまえ、最近、俺の影響を受けすぎだな」

「俺も、時々そう思います。言わなくてもいいことまで言うってね」

トミーが、白い歯を見せて笑った。

理想的な生活

1

肌寒いうえに、雨が降りはじめた。

十月では、まだ雪になるということはない。十一月になると、こういう寒さは油断できないのだった。夕方は雨だったものが、夜明け前には雪になって積もったりするのだ。それはほとんどすぐに消えてしまう雪だが、北側の斜面にある道には多少残ることがあり、ノーマルタイヤを履いた車では、通行に難渋したりする。

私が山小屋へ来るのは、大抵秋も深まってからで、避暑客の多い夏は敬遠していた。三時間ほど、デスクにむかっていた。仕事の間は、電話にも出ない。追いつめられていないかぎり、私の集中力が持続するのはほぼ三時間で、あとはだらだらと仕事をすることが多かった。読まなければならなかったり、読みたいと思っていたりする本を開くのも、そういう時だ。

私は、部屋を出て居間へ行った。

消えかけている暖炉に、薪(たきぎ)を足す。細いものを最初に足したので、炎はすぐに燃えあがった。そこそこの暖かさはあるが、暖炉は飾りのようなものなので、火の状態はあまり気にしない。暖房の主力は、床にあるのだ。

私は、作りかけのシチューの鍋に火を入れた。しばらく、そばに立って様子を見ている。まだ、表面を焼いたオックステイルを煮こんでいる段階だった。月桂樹の葉や、香味野菜も一緒に煮こんで、肉のくさみは取り除いてある。香味野菜は網に入れて煮たので、すでにあげてあった。

私は、玉ネギを刻みはじめた。十個ほどの玉ネギで、大型のボールが一杯になる。それは、ラップして冷蔵庫に入れた。オックステイルは、まだ肉の部分がしっかりしている。煮続けると、肉は崩れやすくなり、繊維質ばかりが残るようになる。その寸前に、あげるのだ。

私はコーヒーを淹れ、暖炉のそばの椅子に座って、読みかけの本を開いた。

作家が、こういう生活をするということに、憧れたことがある。ゆったりした時の流れがあり、読書と散歩の日々があり、時々、原稿用紙にむかう。

現実にそういうかたちを作ってみても、それはいつまでも続かないことを前提としている、ということに気づく。あと二、三日はいくらか余裕があるが、それから先は締切に追われることになるのだ。思う通りに仕事が進まなければ、睡眠時間を削らざるを得ない。

束の間の夢を、私はここで貪っているだけだった。

若いころから、私がいまだに愛読している本があった。『ヘンリー・ライクロフトの私記』というギッシングの作品で、私が持っているのは三百頁弱の文庫版だった。定価は百三十円というのが時代を映しているが、実際に書かれたのはずっと昔で、二十世紀の初頭に出版されている。

ライクロフトという作家が、晩年、思いがけないささやかな遺産を手に入れ、静かな余生を送るという内容である。丘の上の、小さいが清潔な家、たえず火が入っている暖炉、身の回りの世話に通ってくる女性。小鳥の鳴声で眼醒め、散歩から戻ると、質素だが温かい朝食が用意され、それが終ると、ゆったりと執筆し、昼食のあとは午睡で、それから読書と思索に耽る。夜は、ほんの少しの酒と、暖炉の火と、かぎりない静けさがある。

ギッシングの、最後の作品である。この作品を上梓した年の暮に、確かギッシングは死んだはずだ。

長い間、私はこれがギッシングの自伝だと信じて疑っていなかった。ただ静謐な生活の中に、不思議に切迫した緊張感が漂っているのである。それがなぜなのか、どうしても理解ができなかった。静謐さとは対極にある気配、と感じられたのだ。

ある時、私はギッシングが、不遇の中で、ほとんど野垂死のようにして亡くなった、ということを知った。

静謐さの中に漂う、奇妙な緊張感が、なにを意味するのか、私にはその時ようやく理解できた。願望、いや切望とも言っていいようなものが、その緊張感の核になっているのだ。不遇の中で、切望してやまなかった、ささやかな幸福に彩られた晩年の生活。そこに、小説の本質を見たのかどうか、わからない。私の心をこの作品が捉え続けているということは、なにかあるのだろうと思うだけで、それを分析しようとも考えなかった。

ただ、同じような生活を、時々してみる。

身の回りの世話に通ってくる女性はいないが、車で数分下ったところにホテルがあり、そこでは和食と洋食の食事ができる。そして、いつもひとりきりではなかった。リックと名づけた、老犬が一緒にいる。昔は、犬を家の中で飼うとは考えられなかった。犬は、犬小屋にいたものだった。リックが家の中で飼われるようになったのは、家族がそうしてしまったからだ。そして私はいつの間にか、リックを車に乗せて、山小屋へ来るようになった。

私は暖炉に薪を足し、鍋の具合を見てから、もう一杯コーヒーを淹れた。

胡桃(くるみ)割りで、胡桃を三つ割る。

「リック」

呼ぶと、九歳になるラブラドールは、のっそりと身を起こし、そばに座った。人恋しいのか、大抵は玄関マットの上で寝ている。

私は胡桃の実をひとつ投げてやった。口で受け取り、三度ほど嚙んだだけで呑みこんだ。七歳ぐらいまでは、活発な犬だった。食い意地も張っていた。八歳になったころから、仕草が老犬という感じになったのだ。雨が降っていると、用を足すだけで、散歩もしたがらない。

「おまえだって、時には違うものを食いたいよな」

リックは、幼いころから、ドッグフードで育てられた。人間と一緒に暮すのに、いや人間と一緒だからこそ、毎日同じものしか食えないのだ。家族は反対するが、私は少量だけ人間が食うものを与えていた。それでいくらか寿命が短くなったところで、うまいものを食った方がいいだろう、と私は思っている。一度、ローストビーフをひと切れ食わした時は、一度口に入れたものを出し、執拗（しつよう）に匂いを嗅ぎ、それからがつがつと食った。食い終ったあとは、私を見あげ、これほどうまいものが世の中にあるのか、という表情をした。

「もうすぐ、煮立てるだけ煮立てた、牛の尻尾を食わせてやるからな」

リックが、私を見つめる。山小屋での、唯一の私の話し相手である。日頃は家族に全身をいじり回されているが、私と二人きりの時は、日に何度か、軽く頭を撫でられるだけである。それでも、山小屋での静かな生活を、リックは気に入っている、と私は思っていた。

私は、読書に戻った。読みたくて読んでいる本ではない。私が選考委員をしている文学賞の、候補作品で、義務として私は読んでいるのだった。山小屋にいても、読みたい本を読めるというわけではなかった。

2

翌日も雨で、いくらかひどくなった。

リックは、用足しにちょっと外へ出たが、あとは玄関マットで寝そべっているだけだった。私は朝から、刻んで冷蔵庫に入れてあった玉ネギを、フライパンで炒めることに熱中した。十個分の玉ネギを、キツネ色に炒めるのには、かなりの時間を要する。勿論一度ではどうにもならず、四度に分けて炒めるのだ。フライパンを持つ手が、いい加減疲れてくるが、それは書くのとはまた違う疲労で、苦痛ではなかった。

オックステイルの塊は、すでに出してある。ボール一杯あり、ほとんどの肉が骨からはずれかかっていた。スープだけになったところに、炒めた玉ネギを次々に入れていくのだ。

それが終ると、ターメリックなどの香辛料を入れる。香辛料だけで、十数種になる。ニンニクも、擂りおろしてかなりの量を入れた。

これから数時間煮こむと、玉ネギは完全に溶けてしまう。まだスープの中にかなりの脂が混じっているので、それを除去して、ひとまず私のフォンドボーは完成するのだ。

脂を除去する方法は、自分で考え出した。プロの料理人など、表層に浮いた脂を和紙で取ったりするらしいが、私は鍋ごとひと晩外へ出す。この季節は、もう結構気温が下がるので、フォンドボーは煮こごりのようになり、脂は白くかたまり、表面で丸い板のようになっている。その白く丸い板を取り除くと、ほとんどの脂は除去されているのだ。

玉ネギが溶けるまで、私は暖炉のそばで本を読みはじめた。

フォンドボーは、あらゆる料理に使う。煮つめた赤ワインを加え、シチューのソースにもできれば、煮こんだトマトを潰しこめば、トマトソースにもなり、カレー粉を加えればカレーのルーになる。だから、いくつもの容器に入れて、冷凍するのが常だった。

煮こみは男の料理と私は言い、鍋の中で苦い過去や、悲しみや、悔悟の念や、諦めなどを時間をかけて煮こむのだ、と恰好をつけてインタビューなどに応じている。しかし、ほんとうは、ただ作ることに熱中しているだけなのだ。フォンドボーが完成し、それを冷凍してしまうと、私の料理に対する意欲は急速に薄れ、下のホテルで適当に食事をしてしまったりするのだった。

やることに、人は意味を求めたがる。だから意味づけをした、というところか。私のフォンドボーは、冷凍のまま自宅に持ち帰られることになり、妻や娘たちを単純に喜ばせるだけだった。

　薪が、音をたてて燃えている。落葉松(からまつ)の薪で脂(やに)が多く、すぐに燃え尽きてしまうので、たえず薪は放りこまなければならなかった。一度、櫟(くぬぎ)の薪を手に入れたことがあるが、これはトロトロといつまでも燃え続け、落葉松のように派手な音もたてなかった。しかし、山小屋の周辺では手に入らない。友人が、自分で作った薪を軽トラックで運ばせたのである。

「リック」

　本を読むのも、それが義務になれば疲れるし、時に苦痛になることもある。そういう時、リックを呼ぶ。呼ばれると、リックは忠実に私の前に座り、しばらく黙っていると、私の足もとに腹這いになる。

「つまらんよ、こいつは。なんだって、こんな書き方をするんだ。俺なら、この半分の量でも充分だぞ」

　私が話しかけるたびに、リックは垂れた耳をちょっとだけ動かす。

「緊密な描写ってのは、言葉をたくさん使えばいいってもんじゃないんだ。たったひとつの言葉の選び方で、成否が決定してしまう。それが、描写の言葉ってやつだ」

私の独り言は、時には五分以上も続くが、私自身はあくまでリックに話しかけているつもりだった。リックは、山小屋での私の独り言には、馴れきっている。九年近くも、くり返してきたことだ。

昼食を下のホテルでとり、戻ってくると私はまた本を開いた。私が出かけている間、リックは大人しく待っている。それにも、馴れていた。

夕方近くになっても、雨はやまなかった。

不意に、リックが身を起こし、玄関のそばへ走った。低い唸り声をあげている。車が来た気配などなかった。山の小動物でも、通ったのかもしれない。

リックが唸り声をあげ続けるので、私はたしなめようとした。その時、チャイムが鳴った。私は腰をあげ、玄関のドアを開けた。

若い女が、立っていた。私を見て、軽く頭を下げる。持った傘から、水滴が落ちていた。

「須崎さん、いらっしゃいますか?」

「え、誰?」

「ここ、須崎さんの山小屋でしょう?」

「違いますよ」

女は、歩いてここまで来たようだった。玄関ポーチには、女の傘から滴った水が、小さな溜りを作っていた。

「須崎さん、いらっしゃらないんですか？」

「いないよ。というより、ここは須崎とかいう人の山小屋じゃない」

「おかしいな。ここ、須崎さんの山小屋だと思ったんだけどな」

「違う、と言ってるでしょう」

関り合いになりたくない。そういう気分が強くなってきた。

「須崎さん、外出されてるんじゃありませんよね」

「関係ない。何度も、そう言ってるだろう。須崎なんていう人、ここに来たこともないよ」

「違ったんですか。おかしいですね」

女は、私の顔から足もとまで視線を這わせた。私は、座っているリックに、立てと言った。リックは、女を客だと認識して、行儀よくしていたのだ。

「じゃ」

私は言った。女は曖昧に頷き、ちょっと頭を下げると、傘を開いた。

私は、ドアを閉めた。

それから、二階へ行き、女の姿を窓から覗いた。山小屋には、下の道からかなり急な斜面のアプローチがある。そこを、女は一段一段降りているところだった。

下の道へ降りると、女は歩きはじめた。車など、どこにもない。ただ、このまま歩いていけば、別荘地の管理事務所まで十分ほどのものだった。暗くなる前に、充分に着ける。私は、女の傘が見えなくなるまで、ずっと二階の窓から覗いていた。

それから下へ降り、キッチンに入って鍋を点検した。玉ネギは、かなり溶けてかたちをなくしつつある。あと三十分というところだろうか。一時間ばかりで、トロトロしたフォンドボーに仕あがるだろう。

「なんだってんだ」

私は、声に出して呟いた。

鍋に、蓋をした。なんだってんだ。もう一度呟いた。

暖炉の前に腰を降ろしても、私はすぐには本を開かなかった。

「おかしな女だよな、まったく」

リックにむかって言った。

須崎という名に、憶えがないわけではない。しかし、私の中では実在していない。山小屋にひとり籠っている、アル中の男。

私の小説の、主人公の名だった。

パーティ会場

1

タキシードに、ボータイを結んだ。

こういう服も一応は揃えてあるが、滅多に着る機会がない。私の職業では、ネクタイをしている者の方が、少数派だった。私も、パーティなどの時以外、ネクタイは締めない。

車で、約束のホテルへ行った。地下駐車場からロビーにあがっていくと、悦子はすでに来ていた。黒いロングドレスで、アクセサリーは真珠のネックレスだった。当たり前と言えば、当たり前の恰好と言っていい。

「そのタキシード、ちょっと変ってない？」

点検するように私の全身を見て、悦子が言った。

私のタキシードは、タイシルクで仕立てた、まがいものだった。かたちがタキシードだから、すぐに気がつく者は少ないが、襟も同じ生地なのだ。ボータイは地味だが、よく見ると柄が入っていて、カマバンドとそれは合っていない。正式なものは、スタンドカラーのシャツだけだった。ズボンも、色こそ黒だが、折目もないカジュアルなもので、靴にいたっては、蛇革のカウボーイブーツである。

「変ってるけど、決まってる。おかしなものね」

私はタキシードのからくりを説明し、ズボンがなんであるかも教えた。悦子が、ちょっと上体を曲げ、口に手をあてて笑いはじめる。

「チケットを取ってくれって言った時、いやがった理由がわかったわ」

フォーマルというものが、私は嫌いである。ブラックタイなどとドレスコードが記されているコンサートには、顔を出したいとも思わなかった。

私にとって、フォーマルは意味がない、などと言うつもりはない。ただ嫌いなだけだ。フォーマル・パーティで、みんなが同じような恰好をしていると、そこに入りこんでいる自分が、どうしても想像できない。それでも、行かなければならない時は、行く。そのための、まがいもののタキシードだった。

「よっぽど、いやなのね、フォーマルが」

「おまけに、クラッシック、クラッシックだ」

「あら、クラッシックの、どこがいけないの？」

「錆びついた機械みたいなものだろう」

「言葉と同じね。使う人間が錆びついていれば、それは錆びついてるってこと」

「複雑なことを、おっしゃる」

悦子は、二十年来の女友達だった。出会った時、まだ二十一で、どこかに少女の面影さえあった。二度の結婚に破れたが、それで結構な金持になった。いまでは、マンションを二棟所有していて、エステへ通うのと読書が趣味の女だった。

二十年間、途切れ途切れだが、私は悦子と逢って、食事をしたり、たまにはセックスをすることもあった。

「とにかく、眠りたきゃ眠っててもいいわ」

「俺が、そんなに野暮だと思ってたのか。というより、俺が眠ると、ムソルグスキーの曲のような鼾をかいて、野暮どころじゃなくなるね」

「たとえば、『禿山の一夜』ってとこ？」

「それじゃ、歯ぎしりも入る」

私は、悦子をエスコートする恰好で、玄関に出てタクシーに乗りこんだ。また、このホテルに戻ってくる。そして、泊る。そういう段取りになっていた。悦子の方から、誘いがかかった時は、いつもそうだ。

悦子は、長いドレスの上に毛皮を羽織っていて、いわば気取ったパーティの定番と言っていい。これまでは、映画であったり、演劇であったり、時にはロックコンサートということもあった。ドレスコードのあるコンサートははじめてだったが、どこか悦子には似合っている、という感じもあった。

二十年で、少女のような女から、妖しい輝きを放つ女になった。その分、汚れてしまったというところもある。その汚れが、私は嫌いではなかった。

高名なピアニストだった。しかも、聴衆が二百名ほどにかぎられていた。チケットはかなり高価だったが、終了後のカクテルパーティもついていた。

会場へ入ると、知った顔がいくつかあった。無難な挨拶をする。そうしながら、連れている女の品定めを、お互いにやったりする。パーティになると、それがもうちょっと露骨になるはずだった。

演奏がはじまった。ショパンだった。細かいことは、私にはよくわからない。ただ、悪い演奏ではなかった。聴き入っているうちに、感傷的な気分に私は襲われはじめた。私の音楽に対する反応は、眠気を誘われるか、感傷的な気分になるか、どちらかということが多い。興奮することなど稀で、すさまじい音響でも、苦痛を感じたりもしない。音楽全般に関して、私の感性は鈍いのかもしれない。

二曲、三曲と続き、ピアニストの額の汗が、私の席からも見えるようだった。六曲目でインターミッションが入り、場内が少しざわついた。

「なかなかのものね。無理を言って、チケットを取って貰った甲斐があったわ」

私は、否定も肯定もしなかった。悦子は、ミュージシャンの関係から私がチケットを手に入れたと思っているようだが、興行に強い筋に手を回したものだった。二百人という少人数のコンサートでは、私が手に入れるのはかなり困難だったが、以前から頼みこんでいたので、なんとかなったのだ。

再び演奏がはじまり、五曲で終り、アンコールで一曲付け加えられた。そのころには、私の感傷的な気分は、完全に消えていた。

パーティの会場は、下のフロアだった。そこへ行く間に、私は知人に四人会い、お互いに女の品定めをした。こういう時、年齢不詳でゴージャスに見える悦子は、きわめて有利な立場を私に与えてくれる。だから、私的なパーティに、何度か悦子を伴ったことがあった。

悦子も、知り合いを二人か三人見つけたらしい。女も、男の品定めは当然やるだろう。自分が、悦子に有利な立場を与えているのかどうか、私にはよくわからなかった。

カクテルが配られ、照明が暗転すると、スポットライトの中に、今夜の主役のピアニストが登場してきた。

英語での挨拶だった。世界的なピアニストだというが、ピアノにむかった時ほどのオーラは発せず、私はボーイをつかまえては、カクテルのお代りをした。ピアニストの挨拶はいつの間にか終り、主催者らしい老人が、しわがれた声で喋っていた。

2

その男女が近づいてきたのは、パーティも終りに近づいたころだった。

両方とも、私には見憶えがなかった。男は私よりいくつか若い程度で、女は娘のように若かった。父娘という雰囲気がまるでないところが、逆にバランスのよさになっている。つまりは、若い女を扱い馴れた男ということなのだろう。

「あら」

悦子が声をあげた。男が笑いかけたのは、悦子に対してのようだった。

「変らないのね、いまも」

悦子の視線で、女のことを言ったのはわかったが、意味は不明だった。私は、一度火をつけ、消えてしまった葉巻にライターを近づけた。

「でも、あなたがクラッシックとはね。そのお嬢様の影響？」

「音楽大学の学生でね」

私は葉巻の煙を吐き、ボーイが持ってきたカクテルをひとつ取った。

「いつも、御本は拝見してます」

男が私に軽く会釈をして、そう言った。拝読でなく、拝見か、と私は意地悪く考えながら、会釈を返した。

「車もクルーザーも、私の好みですよ」

「両方とも、手間をかけさせてくれますがね、まるで気ままな女性みたいに」

「そこが、面白いんでしょう?」

「少しずつ、つらくなってきましたね」

「私は、ドイツ車ですよ。ありふれていて、自分でもつまらないと思うんですが」

「メルセデス?」

「ポルシェです。アクセルを踏んだだけスピードが出て、ブレーキを踏んだだけスピードを落としてくれる車です」

私は、男に対して関心を失っていた。女の品定めの方は、まるで勝負になりそうもない。若さしか持っていない女だと、私には思えた。女は酔いのせいか、首筋のあたりが紅潮していて、それが幼い印象を強くしていた。

「この間、アフリカに行かれましたよね?」

「まあ、何度か行っています」

「西アフリカが、お好きそうで」

この男は、私の本など読んでいなくて、雑誌の記事だけで知識を仕入れたのだろう。そうやって、私のことをなんでも知っているような顔をする人間も、いないわけではなかった。

「あなたが、先生の読者だなんて思わなかったわ。本なんて、読むの？」

「そりゃ、読むよ」

女の子は、ひとりだけ会話に入れず、居心地が悪そうだった。

「お嬢さん、音楽大学でなにを？」

「はい、バイオリンです」

「ふうん。セラックって知ってるかい？」

「樹液を吸う昆虫が、分泌するもので作った、天然のニスのようなものです」

「いいね。セラックを使ったバイオリンを、買って貰うといい」

「そんな」

「男っての、女性には、いつもなにかプレゼントをしたがっているもんだ」

「先生、それじゃ私が買わなくちゃならないじゃないですか」

「そうですよ」

私が笑うと、冗談だと思ったのか、男も笑った。悦子も笑っている。女の子だけが、頬まで紅潮させていた。

「いつか、お酒でも一緒に飲みたいですね」

「このお嬢さんも一緒なら」

「また、意味深長なことを言われる」

　こんな男と、酒など飲みたくはなかった。それを伝えたということでは、意味深長な言い方だったが、男は違うように解釈したようだ。

「君とも、たまには飲みたいね」

「あら、あたしみたいな、おばさんと？」

　男が、ちょっと肩を竦めた。そういう仕草も、私は気に入らなかった。

　悦子の知り合いがやってきて、大声で挨拶した。男の方も、知らない仲ではないらしい。仕事の話をはじめた。

「さっきの、セラックの話だがね」

　私は、女の子のそばに立った。空になったグラスをボーイのトレイに返し、葉巻の煙を吐いた。

「どんな昆虫だと思う？」

「さあ」

「こんなやつなんだ」

　私は、内ポケットからボールペンを出し、テーブルの紙ナプキンに走らせた。男が、話しながらこちらを気にしている。

「羽が不思議なかたちをしていてね。君、想像したものを、描いてみたまえ」

女の子が、紙ナプキンにボールペンを走らせた。

「まるで、なってない。こんなかたちだ。憶えておくといいよ」

私は、女の子からボールペンを取りあげ、新しい紙ナプキンに走らせた。

「ただ塗るだけじゃ駄目でね。樹脂のようにかためたものを、アルコールで溶かなきゃならない。棲息(せいそく)しているのも、熱帯だけだし」

紙ナプキンを折って、女の子に手渡した。

「セラックを塗ったものは、音がいいと言われているが、ほんとだよ」

「よく御存知なんですね」

「小説家っての、雑学の動物だから」

パーティは終りだった。人が散りはじめている。私は、男と女の子に挨拶し、会場を出た。

「あんな男か。無理もないな」

「なにが？」

帰りのタクシーでは、悦子はもう酔いに身を任せている。

「君が結婚していた男さ。二番目の方か？」

「いやな男ね、あなたは」

図星だと言っているようなものだった。

「まあ、しこたまふんだくったんだろう。多少、ロリコン気味か？」

「そうだったのかもね。浮気の相手は、いつも二十歳前後だったから。でも、あんなとこで会うとは思わなかったな」

「そういうもんだ」

「一年ぐらいは、うまくいってたのよ」

「不動産屋だな」

「あなた、あたしの話、なにも聞こうとしなかったのに、なんでもわかるってわけ？」

「そう思っただけさ。絡むな」

「絡みたくもなるわよ。せっかくのコンサートで、よりによってあんな男に会うなんて」

「それで、俺が被害者か」

悦子が、ちょっと苦しそうに息を吐いた。裸になると、豊かな乳房である。それをドレスで締めつけている。

「二度も結婚したのに、はずればかり」

私は、会っても悦子に私生活のことを訊いたことはなかった。私の方も、語らない。私生活の入りこまない男女関係、と私は割り切っていて、結婚した時と離婚した時、そう告げられただけだ。

「ところで、あなたもロリコン？」

「どうして？」

「さっき、昆虫がどうのと言いながら、あの男が連れてた娘に、電話番号を書かせたでしょう？」

「そうやって、亭主を疑ってきたのか」

言ったたが、悦子が言ったことは、ほんとうだった。ちょっとした、悪戯のつもりだった。あんな場所で、簡単に電話番号を教える女。あの女の子のことを悦子が気にしたら、そう言ってやろうと思ったのだ。

「今夜は、二度抱いて貰うわよ」

「冗談だろう？」

「本気よ」

「やれやれ。たまらんな」

私は、ポケットの紙ナプキンを、悦子に差し出した。悦子はそれを破り、掌の中で丸めた。窓を開け、それを投げ捨てると、ついでに風を顔にあてている。

女の子にも、私の携帯電話の番号を教えてあった。かかってくるかどうか、ゲームのようなものだ。

そしてそのゲームに、悦子は加えない。

性分

1

インクの瓶の口を開けた。万年筆への補充である。私は、最後の一滴どころか、字がかすれてきても、何度も振って、内部のどこかに溜っているインクを、出しきったと思える状態になるまで、書き続ける。

それから、インクを補充するのである。私の万年筆はすべて吸引式で、カートリッジなどは使わない。補充する時は、一切の気泡が入ることが許せず、逆様にして内部のエア抜きまでやる。万年筆にはインクの残量を確認するための透明になった部分があり、気泡があればすぐにわかる。インクを充塡し、原稿用紙を三、四枚埋めるまで、その気泡は現われない。

性分とでもいうのだろうか。あるいは、執筆の際の儀式なのか。とにかく、いままで私は、中途半端なインク瓶の中に入れた。まず、少しだけ、吸いこむ。それから内部のエアを抜き、ゆっくりと満たしていく。それでもエアは残っていて、逆様にしてわずかずつインクを押し出していく。ぷつぷつと気泡が出、それから盛りあがるようにインクが出る。それを戻せば、内部に気泡はなくなるのだ。しかし、それですぐに書くというわけにはいかない。万年筆は容量オーバーの状態にあり、下をむけるとぽたりとインクが落ちてきたりするのだ。ペン先の下に溜っているインクをティッシュで吸い取り、さらに唾で濡らしたティッシュでペン先の汚れを拭う。それで、ようやく私の執筆態勢は完了した。

その状態で、改行や会話体の有無にもよるが、三十三枚から三十五枚はまず書けるのである。

一日の仕事で、二度インクの補充をやると、かなりの仕事量をこなした、という気分になった。

インクを補充して、五、六枚書いたところで、電話が鳴った。秘書から回ってきたものではなく、携帯電話である。

発信者は、非通知の設定になっていた。それには、出ない。伝言メッセージが吹きこまれたようだった。

私は万年筆にキャップをし、メッセージを聞いた。切迫した、女の声である。なんと言っているのか、よく聞きとれなかった。ただ、聞き憶えのある声だ。記憶の底を探った。具体的な名前は、どうしても出てこない。もう一度、聞いてみた。聞き憶えがあるというのが、曖昧な感じになってきた。

万年筆のキャップをはずし、仕事をはじめた。思い出すと集中力を欠くので、吹きこまれたメッセージは忘れることにした。

一時間ほどで、また携帯電話が鳴った。やはり、非通知設定である。気になって、私は電話に出た。

「なに考えてるのよ？」

いきなり咎める口調だった。確かに、聞き憶えはある声である。

「あたしは、あんたを認めないわよ。なによ。傲慢な男が。あたしが黙ってるからって、いい気にならないでよ。あたしはもう、なんでも言ってやることにしたんだから。金、出せよ。金ぐらい、出せるだろうが？」

話の内容から、私は相手が誰であるか割り出そうとしていた。誰なのか、訊いてしまえばわかることだと思いながら、罵られる言葉の意味を、なんとか自分の生活に結びつけようとしている。

「なに黙ってんだよ。あたしが本気じゃない、と思ってんだろう。ずっとあたしをなめてきやがったんだからさ。あたしはね、もうこわいものないんだよ。てめえがどう暴れようと、あたしは暴れ返してやるからな。てめえみたいに女の腐ったような男は、いっぺんドブに顔突っこんでやる方がためになるんだよ」

「おい」

私は、いささかむっとして言った。これほどの言い方をされる心当たりが、私にはなかった。相手が誰なのか、やはりわからない。それでも、黙って聞いているには、限度があった。

「おまえ、誰にむかって喋ってるんだよ」

不意に、二人の間を重い沈黙が繋いだ。

「俺が、なんだっておまえにこんなことを言われなきゃならねえんだ」

沈黙が続く。不意に声がする。

「もう一度、言ってみろや。おかしな声出しやがって、ドス利かせてるつもりかよ。てめえがどれぐらい駄目か、あたしがよく知ってんだ。どうせあたしのことを見下して、嗤(わら)ってやがんだろうが、てめえは嗤われる価値もない男なんだよ。下種(げす)の下種。腐ってるね。どこもかしこも、腐ってやがる。そのくせ、あたしの乳ばかり吸いたがってよ、おう、汚ない。あたしの乳まで、腐りそうだ」

自分に言われていることではない、と私は確信した。つまり、間違い電話だ。しかし、声に聞き憶えはあった。

それ以上、言わせるのが、悪いことのような気分に、私は襲われた。

「俺は凄(すご)んでいるわけでも、低い声を出しているわけでもない。これが、俺の地声だ。

番号を確かめて、電話をした方がいいんじゃないのか」

それから、私は自分の名前を言った。息を呑むような気配が、はっきりと私に伝わってきた。黙って切った方が、よかったのかもしれない。しかし、これからものべつまくなしに罵りの伝言メモが入っている、という状態にもなりたくなかった。

「あ、あ」

声が聞えた。私は、もう一度名前を言おうとした。電話が切れた。

その日は、それきり電話はなかった。

翌日も、私は自宅で原稿を書いていた。万年筆に、インクを一度補充したところで、きのうから持ち越した原稿を終え、それから短いエッセーなどを、三本書いた。

電話は鳴らなかった。私の頭には、罵りの言葉がしみついたようになっていた。伝言メモの方は消去していなかったので、私は何度か再生して聞いた。聞き憶えは、ある声である。それは、確信になったり、また曖昧になったりした。携帯電話の番号を教えている相手は、それほどいない。せいぜい百名というところだろうか。その中で、女性は三十名もいなかった。

私は、電話帳をディスプレイに表示し、女性をひとりずつ出してみたが、全員の声が違うと思った。ただ、自分の電話番号は、非通知設定にはしていない。かけた相手のところには表示され、それが記録されてしまうことがないわけではないだろう。

外出先からは、よく電話をする。発信履歴には十件残るようになっているが、その中のいくつかは、どこへかけたのか失念していた。酔って、その場で誰かに番号を聞いてかけたりすることもあるのだ。

誰の声だろうな。私は呟いた。伝言メモの録音は、状態がよくなかったのか、喋り方が悪いのか、声が割れていて、全部は聞き取れない。私は、それを消去した。

2

彼女が、選んだホテルだった。

もともと、女にそういうことをさせるタイプではない。自分の都合を優先して、女に逢う場所を決めていた。

箱根にむかう山中にある、オーベルジュである。こぢんまりとして目立たず、部屋もきれいで、レストランやバーもある。いかにも密会用という感じのところが、鼻持ちならないものに私には思えた。

ただ、彼女と長く付き合おうという気が、私にはなくなっている。このひと月ふた月が、さよならのチャンスだ、と私は思っていた。そういう時、私は女にやさしくする。逆なやり方もあるだろうが、やさしくしていた方が、女を頑（かたくな）にすることが少ないと、わずかな経験から学びとっていた。

「ねえ、ここのフォアグラ、悪くないのに」

前菜を、私は山菜と鮪のカルパッチョにしていた。フォアグラなど、やはり年齢的に重たすぎる。フォアグラには甘い白ワインか、そうでなければシャンパンを合わせる。そういう註文も、できる女だった。私は、シャンパンを付き合っていた。それから赤ワインが一本空く。食後酒一杯で、私の酒量は上限という感じだった。それ以上飲むと、セックスどころではなくなってくる。

「ねえ、うちの店の誰かを、口説いたことある？」

「ない」

「冗談でも？」

「それは、程度によるな。人前では、平気でやったりするところが、俺にはある」

「そうだよね。だけど、本気にされたらどうするのよ？」

「そりゃ、した方が悪いさ」

本気にした女がいるのだろう、と私は思った。店で、彼女がいつも私の席についているとはかぎらない。しかし、銀座のクラブでのルールは、私は守ることにしていた。一軒の店で、ひとりの女。それが、客に課せられたルールのひとつと言っていい。

「ほんとに、先生って、はっきりしているのよね。気持がいいぐらい」

別れる時もそうさ、という言葉を、私は鮪の薄切りと一緒に呑みこんだ。

彼女が、話題を変えた。ほかの客の話である。顔見知りや仲間が、どういうことをしたり、どういう噂を流されたりしているか聞くのが、実は私は嫌いではなかった。なまなましすぎると閉口するが、ちょっとした噂などなら、私は身を乗り出す。

二つ三つ、彼女は面白い話をしたが、それはすでに私が知っているものだった。私は、黙って聞き、時々声をあげて笑った。

食事が進んだ。赤ワインも、半分近く空いた。彼女がどれほど淫らになれるのか、私は測るような気分で見つめていた。愛情があっても、そうする。なければ、それだけに集中する。彼女の眼のまわりが、赤らみはじめていた。肌が紅潮する。それが、彼女の絶頂の証だった。顔から胸にかけての紅潮で、それを見るために、私は明りをつける。絶頂のありようとしては、めずらしいものというわけではないが、肌を紅潮させながら身悶えする姿は、最初のころは私を興奮させた。

「ねえ、銀座で遊びはじめて、もう二十年でしょ？」

「そんなになるんだな、考えてみりゃ」

「二十年間で、これはっていう女はいた？」

「いない」

「あっさり言っちゃっていいわけ？」

程度の差はある。だけど、女はみんな同じだと確かめ続けた、二十年であるような気もするんだな」

「それって、むなしくないの？」

「そう言ってしまえば、生きてることがむなしいと言っているのと同じだ」

「そんなふうな感じで、男の人っていうのはいいんだ」

それ以上会話が進むと、危険な領域に入りかねない。私は、ちょっと構えるような気分になった。しかし彼女は、料理の方へ話題を変えた。

食後酒を飲み終え、部屋へ戻った。

私は、葉巻を喫っていた。それを喫い終えるころ、酔いは一段落してくる。

彼女はバスローブに着替えると、部屋に置いたままだった、携帯電話のチェックをはじめた。私も、バスローブである。

伝言をチェックするために、電話機を耳に押し当てていた彼女が、曖昧な笑みを口もとに浮かべた。

「ほんとに、参っちゃうな、これ」

「なんだ？」

「イタ電の類いなんだろうけど、異常にしつこいの」

彼女が、携帯電話を差し出してくる。

私は、微妙な気分になった。携帯電話に罵声が入ったのは、数日前のことだ。彼女は、最初に思い浮かべた、何人かの顔のひとつに入っていた。そして、すぐに否定した。声が、あまりに違ったからだ。

私が、彼女の顔を思い浮かべたということを、彼女が知っているのかもしれない、という錯覚が一瞬襲ってきた。

彼女が、私の耳に携帯電話を押しつける。

「いい思いさせてやるからよ。いっぱい泣かせてやるよ」

一度切れ、また音声が続いた。

「あんたの腿（もも）、気持よさそうだよな。尻も。おっぱいも」

また切れた。というより、何件かの伝言メッセージのようだ。

「どんな、パンティ、穿（は）いてんだよ。俺、嚙み千切って、陰毛しゃぶってやるよ」

まだ続きそうだった。

「もういい。保存してるのか、おい？」

「性分ね。どんなやつなのか、気になって」

「わかったらどうするんだ。こいつ、ストーカーみたいなもんだろう。相手にしない方がいい、と俺は思うがな」

「だから、性分だって。落ち着かないのよ、誰だかわからないことには」

「声に憶えは？」

「ないわ。それだったら、すぐわかると思う」

　私は、わからなかった。何度も思い出そうとしてみたが、結局無駄な努力だった。しかも、私は録音されたものではなく、実際に喋っているのだ。

「性分ね」

「だから、仕方ないでしょう。あたしが、勝手にやってることだから」

　なら俺に聞かせるな、という言葉が出かかった。

「それに、これ聞いてると、男っていうのがどういうものか、わかるような気がしてくるの。どんなふうにいやらしくて、どんなふうに女の躰を扱いたがってるか」

「よせよ」

「そうね。ひとりだけの愉しみよね」

　私の相手は、誰か特定の人間にかけたのだろうか。男というもの全部に、かけたのではないのか。それとも、私にむけて、女というもの全部からかかってきたのではないのか。

「おいしかったな、ここの料理。評判通りだわ」

　携帯電話を置き、彼女が話題を変えた。

　思わず、自分の携帯電話をチェックしそうになり、私は慌てて葉巻の灰を落とした。

いまにも、携帯電話が鳴りそうである。それは、どこからの声を私に運んでくるのか。

彼女が裸になり、バスルームに入っていった。部屋に、霧のように葉巻の煙がたちこめている。

霧の中

1

雨を、好きだと思ったことはなかった。昔のことになると定かではないが、この十年ほどはそうだ。毎日、規則正しく出勤しなければならない、という仕事ではないから、外出も億劫（おっくう）になる。車を呼んで、ドア・トゥ・ドアで済ませ、傘も持たない外出になる。雨の日の運転は好きではないし、海にいる時に降られると、それこそ濡れ鼠（ねずみ）だった。雨が降ると視界が悪いので、視界を遮るものはすべて取り除く。場合によっては、ツナタワーの吹きっ晒（さら）しの中で操船しなければならない。

降りはじめた雨を眺めながら、私はそんなことを考えた。

いつもと違うことをすると、こんなものだ。無論、傘などなかったが、幸いにしてコートがあった。ふだん、それが防水加工かどうかなど気にしたことはなかったが、いまは防水であることを祈るだけだった。

地方都市の、さらに郊外の村から、二キロほど離れたところである。こんなところは、ふだんは自分で運転してくるが、時にはローカル線の列車にも乗らないと、ほんとうに世間離れしてしまう、と殊勝なことを考えたのだった。

帰りは、二キロ、村まで歩くつもりだった。そこには、タクシーが一台いる、と聞いた。だから、駅前から乗ってきたタクシーは帰してしまった。タクシー会社の電話番号も、控えていない。おまけに、携帯電話には、圏外の表示が出ている。

村まで、人家はなかった。緩やかな坂の林道で、簡易舗装はある。帰りは、下りだった。私は、コートの襟を立て、しっかりとボタンとストラップで留めた。トレンチコートなので、そんなものもついている。雨のなかを歩きはじめると、しっかりした防水加工であることがはじめてわかった。

頭は、どうにもならなかった。誰が見ているわけでもないが、ハンカチを被せるのは無様すぎる、と私は思った。

かつて、城があった場所だった。私はそこの地形を確かめてみたかった。なかなかに、落ちることがなかった城だったのである。その城が、盛んに攻められたことがある時代を舞台に、私は小説を書いていた。いまは、小さな公園のようなものになっていて、木立の中に城跡の碑がひとつあるだけだった。

ここへ来た時は、雨のことなど考えてもいなかった。天気予報は見ていなかったし、空の一部は青かったのだ。それに、風さえもあまりなかった。

私は海に出るので、風については敏感だった。風が強ければ、海は時化る。しかし、凪の状態でも、雨は降る。梅雨時などが、そうだ。それ以外では、雨は大抵風とともにやってくる。なにも感じないうちに雨だけ降ってきたのは、やはり山の気候なのだろうか。

濡れ鼠は、海で馴れているではないか。自分にそう言い聞かせながら、私は速足で歩いた。髪から、水滴が滴り落ちてくる。髪はもう頭皮に張りついてしまっているが、それでも水を吸って、落ちてくる水滴は雨粒よりずっと大きかった。

村が、なかなか近づいてこない。歩いているし、躰は防水のコートでしっかり包みこんでいるので、それほど寒くはなかった。しかし、風景は雨に煙って見えない。さほどひどい雨というわけではないが、なぜか道すらも二、三十メートル先までしか見えなかった。道は一本しかなかったから、踏み間違って、あらぬ方向へ行く可能性はない。だが、もう充分に二キロは歩いただろうと思っても、村は見えてこないのだった。

脚とは別に、気持で距離を稼いでいるのかもしれない、と私は思った。落ち着いて歩くことだ。二キロなら、三十分もかからず歩ききれるはずだ。

霧中航行というやつを、やることがある。あえて霧の中に出て行きはしないが、出た先で濃霧が発生することも、ないわけではなかった。外洋ならば、レーダーに障害物のアラームをセットし、かなりのスピードで走る。コンパスがあるし、GPSもあるので、同じところをぐるぐる回り続けるということもない。

いまは、頼りは視覚しかなかった。

霧中航行よりも厄介ではないか、と私は思った。岸に近づくと小舟が多くなる。中には、手漕ぎのボートなどもいる。微速に落とし、霧笛を鳴らしながら進む。近くの船も、やはり霧笛を鳴らしたり、音の出るものを叩いたりして居場所を知らせる。霧の中でも、結構賑やかなのだ。

気配も消えている、と私は思った。タクシーでこの坂を登った時は、山の気配のようなものが、確かに感じられた。かすかな枝の戦ぎ、鳥の啼声や動く気配。そんなものも消えていて、私の靴音が聞えるだけなのだ。ほかには、どこかで水が流れる音がしている。それが雨水が集まって流れる音なのか、沢なのかも判然としなかった。

奇妙な場所を歩いている、と私は思った。これは、明らかに来た時の道とは違うのではないのか。知らない道ではなく、知らない世界に通じている道なのではないか。かすかな不安が包みこんでくる。知らない世界に入るのなら、それはそれでいいが、多少の覚悟ぐらいはしたかった。これでは、騙されて迷いこむようなものだ。

道も、いつか平坦になっている。そんな気がした。帰りは村まで歩くと言った時、ずっと下りだからとタクシーの運転手は言った。平坦になり、かなり歩いた。

不意に、村が見えた。

不思議な光景だった。村に入ると、煙り立ったような感じは消え、家の一軒一軒、雨のひと条まで見えるようだったのだ。人の姿がまったくない通りも、遠くまで見通せるし、空で雲が流れているのもわかった。

私は、歩き続けた。村の中は車で通ったはずだが、既視感のようなものが、まるでない。人の姿は少なかったが、ないわけではなかった。いまは、人がまったく見えない。雨のせいなのか。

午後四時を回ったところだった。

2

私は、ハンカチで濡れた髪を拭った。

ハンカチは、二度、三度と搾れるほどだった。自転車屋の軒下である。ガラス戸が開いていて、中で老人がひとり、逆様にして置いた自転車の修理をしていた。

「ちょっと、雨宿りさせて貰っていいですかね?」

私が言うと、老人はただ頷いた。チェーンの具合を調べているのか、ペダルを手で動かして、後輪を回し続けている。

「いきなり降りはじめて、困りましたよ」

老人はやはり、かすかに頷いただけで、黙ったままだった。

「この村に、タクシーがいる、と聞いたんですけど?」

老人は、私の方を見たが、頷きはしなかった。髪は何度も拭ったので、濡れて重たくなっているのは、ズボンの裾と靴だけだった。コートは、見事なほど水をはじいていた。私は、襟のボタンやストラップをはずし、首を少し楽にした。老人が、逆様にしていた自転車を、元に戻した。

「どこから来た?」

はじめて老人が口を開き、私のそばに立った。

「東京からです」

「俺が訊いてるのは、ずぶ濡れになって、どこから歩いてきたのか、ということだ」

「遠舎山城址（とおしゃさんじょうし）から」

「なにもねえとこだろう。なにしに行った。いきなりずぶ濡れの男に入口に立たれて、俺はぞっとしたぜ」

「城跡付近の地形を見に行ったんですよ。あそこにあった城、何回も攻められて、落ちなかったというから」

「なんか、そんなことを調べている人か?」

私は、曖昧に頷いた。

あそこは、斜面から突き出したところにある場所で、背後は崖になっていた。だから両面から攻められる心配はないが、斜面から大軍で攻められたら、それほど長くは保たないと思えた。それが落ちなかったのは、よほど防御に工夫をこらしていたのだろう。特に天然の要害というわけではないのだ。

戦国時代、城が落ちる時は、内応も多かった。攻城戦には犠牲が伴うが、内応者がいれば、それはほとんどないと考えていい。どうやって内応者を作るかも、戦のうちだったはずだ。

「この城が、たやすく落ちないのは不思議だ、と思って見ているうちに、雨が降ってきちまったんです。この村まで、思ったより遠かった」

「そうだな、三キロぐらいだ」

「運転手さんは二キロって言ってたけどな」

「そんな感じがしただけだろうさ」

三キロと考えれば、自分が雨の中を歩いた距離を、私は納得することができた。街のタクシーだから、こんなところを走ったことはなかったのかもしれない。

「あそこ、崖の上の城でな」

「だけど、正面は斜面じゃないですか。そっちから攻めれば、攻めきれたと私は思いましたがね。大軍で攻められたこともあったのに」

「そりゃ、あんた、城だけだと思うからだ。あそこの城主は、この村にいて、戦の時にあそこに籠ったんだよ。だから、この村は何度も焼かれてる」
「それは、知ってますが」
山城とは、大抵そういうものだった。日常生活は、もっと便利な場所で営んだのだ。いまは
「知らねえなあ、あんたは。ここからあそこの崖まで、全部が城だったそうだ。いまは
営林署の伐採が入ったが、でかい木が多い、迷路だらけの森でね。俺らが青年団にいた
ころも、うかつに入ったら出られなくなったもんさ。その上、仕掛けがいっぱいしてあ
る。火で焼き払おうともしたが、斜面の上の方からしか、風は吹いてこねえ。だから攻
める方にとっちゃ、始末に負えなかったって、若いころ教えられたよ」
つまり、深い森を味方にしていた、ということになる。多分、水源もあったのだろう。
風が同じ方向からしか吹かないというのが、いくらかインチキ臭かった。
「信用してないね、あんた。風のこと、信用してねえだろう?」
「季節がありますからね、風の方向には」
「いまでも、同じ方向にしか吹かねえよ、このあたりまでは。村を出ると、冬は北、夏
は南が吹いてるのに。地形の関係で、風が回っちまうんだそうだよ」
ほんとうなら、城が落ちなかったという理由も納得できる。
「あんた、学者さんじゃねえな。学者さんなら、知ってるよ、それを。街の郷土資料館
が、一年間、風の方向を調べたことがある」

「そうなんですか。私はただ、趣味で調べているようなもので」

「図書館に行ってみなよ。こんなところで雨宿りしてるより、ずっといろんなことがわかるぜ」

「そうですね。それで、この村にタクシーはいるんですか？」

「一台だけな。昼寝でもしてやがるんだろう。病人を運んだりするのが、仕事だから」

「電話、わかります？」

「ああ、わかる」

老人は、なにも見ず、番号を言った。私はまずエリアコードを打ちこみ、それからもう一度、番号を言って貰った。

相手はすぐに出て、街まで行ってくれと言うと、五分後に自転車屋に迎えに来ると答えた。ほっとして、私は煙草を出した。火をつけていいかどうか迷っていると、老人も指を差し出してきた。

私は、老人の煙草に火をつけ、自分のものにも火をつけて、煙を吐き出した。風はほとんどないらしく、宙でしばらく吐いた煙がわだかまっていた。

「霧と雨が一緒みたいで、道が見えなくて、歩いている間、不安でしたよ」

「雨が降ると、風は熄む。冬は、昔からそうなんだそうだ」

「木枯らしが吹いていそうなものですがね」

「冬は、暖かい。ここに住んでるとよくわかんねえが、都会に出た子供たちはみんなそう言うぜ」

「そうですか。暖かいんですか」

歩いている間、寒さをほとんど感じなかったのを、私は思い出した。

「気候は、いいんだ」

「そうでもねえさ。湿気は多いよ。林業と農業、それしかねえしな」

結局、かなりの取材になったのだ、と私は思った。ただ、風が同じ方向からしか吹かないと小説で書くと、やはりインチキ臭くなる。現実を書いて、小説の中でリアリティがあるともかぎらないのだった。

タクシーがやってきた。

私は老人が差し出した灰皿で、煙草を消した。運転手もやはり老人で、窓を降ろすとなにか人の噂話をはじめた。

私は、しばらく待っていた。雨は降り続けていて、やはり村の外は煙り立って、山の姿など見えなかった。

老人が二人で、笑い声をあげた。

私は煙り立った雨の中に、城のある山の姿を見きわめようとした。まったくと言っていいほど、村の外の景色は見えない。

「乗らねえのかい？」

　タクシーのドアが開けられ、鈍い光を放つビニールシートが見えた。

「城、あのあたりですよね？」

「えっ」

「あの城のある山ですよ」

「なに言ってる。あっちだ」

　老人が指さした方向は、私が眼をこらしていた場所から九十度近く右に寄っていた。

「ほんとに？」

「俺はよ、毎日あの山を拝んでんだぜ」

「そうですか」

「まるで嘘言ってるみたいじゃねえか」

「いや、そんなことじゃなく。そうですか、霧が晴れると、あそこに見えるんですね」

「霧が晴れるとな」

　とても、すぐには小説にできそうもない、と思いながら、私は車に乗りこんだ。

　老人は、笑って見送っている。

登場人物

1

どうすればいいか、判断はつかなかった。

眼の前にいる男は、いわば戦闘態勢というところだが、隙だらけであるのは、私にさえもよく見えるのだった。

刃物を構えて、一対一の決闘をしているわけではない。隙などという言葉を遣うこと自体が、いささか滑稽な気分でもあった。ただ、相手は若い。私は、五十をいくつか超えている。特に激しいトレーニングをしているわけでもなかった。

息があがって躰が動かなくなれば、ということは考えざるを得なかった。そうなった時は、逆にこのひ弱そうな若者は、潜在的に持っている残酷さを剝き出しにしてくる、という感じもある。

恐怖はなかった。なぜこんなことになったのか、ということばかりを私は考えていた。肩がぶつかったわけでもなければ、女の奪い合いをしたわけでもない。視線が合ったのも、青年が声をかけてきたからだった。

十一時を回ったところだが、駐車場に人影はなかった。高速道路のガード下を駐車場にしたもので、管理人はおらず、コイン方式になっている。ほかに車を取りに来る人間もいなさそうだ。

「おまえの車、それだろう。別に、俺の車が邪魔になってるわけじゃないな」

青年が降りてきた車を顎でしゃくり、私は言った。車のトラブルではなさそうだが、明らかに私を待っていた気配はある。

「なんとか言えよ、おい」

背は高い。百八十センチを超えているだろう。痩せていて、体重は私より軽そうだ。痩せているからひ弱とはかぎらないが、青年の躰には、鍛えたという感じがなかった。極端に痩せていても、ボクサーのように鍛えあげた人種が、いないわけではないのだ。

青年の息遣いが、荒くなっている。誰か止めに入らないか、私はまだ期待していたが、金網のむこう側の道路を、ヘッドライトが行き交うだけだった。

「なんとか言えよ。殴るにしても殴られるにしても、後味が悪いからな」

青年が、息を吐いた。呻(うめ)くような声が出、それから私の名前が口にされた。つまり、私だと知って、喧嘩を売ってきている。

「おまえの車が、ここに入るのが、見えたんだ」

喋るだけでも、青年は呼吸を乱していた。私が駐車場に車を入れたのは、およそ三時間ほど前だ。三時間、この男は自分の車の中でじっと待っていたのだろうか。

私は会食の約束があり、少量だが酒も飲んでいた。いま警官が来ても、酔っ払い運転にはならない、となんとなく考えた。まだ運転はしていないのだ。

そんなことばかりを頭に浮かべる自分に、腹が立ってきた。身構え、低い声で私を罵りはじめた男にも、腹が立った。昔は俺も。ふと思う。しかしもう、五十をいくつも超えたじゃないか。金でも渡して、この場を収束することはできないのか。

分別が保てたのは、そのあたりまでだった。沸点というものだろうか。昔はしばしば越えていたその境界を、ようやく私は越えたようだった。頭に、なにも浮かばなくなった。

「いつまでも、つべこべ言っててんじゃねえ。人に喧嘩売っててんだろう。死ぬ気があって売ってんだろうな、おい」

まず言葉で威圧するべき相手だと、私は見て取っていた。男が、束の間、怯んだような表情になった。

「来いよ。売った喧嘩なら、てめえの方から先に来い」

私は、ちょっとだけ上体を低くした。横への移動ができないほどではない。

男が、喚き声をあげた。摑みかかるように、両手を突き出して前に出てくる。思った通り、喧嘩のやり方は知らないようだ。動きも、鈍いものだった。

私は、どういうやり方で倒せばいいか、探りはじめていた。ひどい怪我はさせたくない。それはこの男のためというより、私自身のことを考えてだった。警察の事情聴取を受けたり、新聞などで騒がれたりしたくない。

もう一度、男が摑みかかってきた。私は、かわしながら右足を横に振った。男の足首のあたりを薙ぐ恰好になり、男は両膝をついた。顔を蹴りあげるのはたやすいことだったが、私は一歩退がった。男は、倒れた自分に逆上したようだ。喚きながら立ちあがり、猛然と私に摑みかかってきた。一瞬で決める。でなければ、息があがる。私は踏みこみ、わずかに上体を横にそらし、擦れ違いざまに、男の鳩尾を膝で突きあげた。前屈みに崩れかかる男の服を摑み、引き起こし、首筋に肘を打ちこむ。瞬間、男の眼が白く反転し、横に倒れていく。私は服を摑んだままで、男はやわらかくアスファルトに横たわった。

瞬間的に激しい動きをしただけで、私の呼吸はかなり乱れていた。

そのまま立ち去ろうとする自分を、なにかが止めた。決して、男の状態を心配したわけではない。煙草をくわえ、火をつけた。

男が気づき、身を起こそうとする。

「川井、てめえっ、殺すからな」

男が言ったのは、私の名前ではなかった。しかし、憶えのない名前でもない。私が作りあげた男。つまり、小説の登場人物の名前だった。

不意に、私は男に嫌悪感を感じた。喧嘩を売られても、それまで嫌悪感をまったく感じていなかったことに、私ははじめて気づいた。ただ腹を立てただけなのだ。

「俺は刑務所(なか)で、やることたあやってきた」

そうだったな。私は心の中で呟いた。そしておまえは、川井と五分の殴り合いをすることになっている。

男が、のろのろとした動作で、身を起こそうとする。私は近づき、煙草をくわえたまま、男の鳩尾を蹴りあげた。呻き、転げ回り、四つん這いになって、男は胃の中のものを吐き出した。

私は、さらに二度、男の腹を蹴りあげた。

おまえは、もっと闘えたはずだろうが。死すれすれのところまで、殴られては立ちあがることをくり返しただろう。なんてざまだ。俺はおまえを、そんなふうな男にしたんだ。うつぶせで、ゲロにまみれてる男なんかにゃしなかった。

私は、さらに男の腹を数度蹴りつけた。いくらか、呼吸が乱れた。アルコールのせいだ、と私は自分に言い聞かせた。

「立てよ、おい。なんてザマだ」

男は呻き続けている。腹這いになったまま、腕を突っ張って上体を持ちあげようとする力もないようだ。嫌悪感がさらに募り、私はまた男を蹴りつけた。男の躰がごろりと転がり、仰むけになった。

水銀灯が、男の顔を照らし出す。

吐瀉物にまみれているだけではなかった。顔半分は、涙で濡れている。

「川井さん、やるんなら、とことんやっちまってくださいよ。俺は、それぐらいの覚悟はしてきたんだ」

男は、まだ私と登場人物の区別がついていないようだった。そして、口だけで利いたふうなことを言っている。

「俺が書いたのは、もっとしゃんとした男だよ。間違っても、泣いたりゃしねえさ」

「ちくしょう」

男が起きあがろうとする前に、私はまた男の腹を蹴り、最後に股間を蹴った。

車に戻る。メーターに硬貨をいくつか落とすと、車体の下のストッパーが倒れた。

エンジンをかける。ヘッドライトをつけると、背を丸くしてうずくまっている男の姿が浮かびあがった。

男のそばを走り抜け、駐車場を出た。

わだかまっていた嫌悪感が、微妙な苛立ちに変っている。自宅とは反対の方向にむけて、私は車を走らせた。

2

カウンターに腰を降ろすと、私はバーボンのストレートを頼んだ。

「もしかすると、車じゃないの、先生？」

「関係ねえよ」

「駄目よ」

カウンターの中にいるのは、中年のママがひとりである。十一時半までは、若い女の子がいるはずだった。とうに十一時半を過ぎていることに気づいた。

「お酒、出せない」

「持ってろよ、ほら」

私は、車のキーをママにむけて抛(ほう)った。両手で受けとり、ママはちょっと複雑な表情をした。

「前の、駐車スペースでしょ？」

「そうだ。駐禁も取られやしねえよ」

「どうしたのよ？」

四十半ばだが、まだ色香はあって、ママを目当てに通ってくる客も少なくない。カウンターだけで、十人も入れば満席という店だった。いまは、客はいない。

「バーボン、ストレート。早くくれ」

「だけど」

「おい、酒なんて、そこらの屋台でだって飲めるんだぞ。それが、キーを預けて酒をくれって言ってるんだ」

　気紛れに、二ヵ月に一度ぐらい顔を出すようになって、もう四年近くになる。その間に、カウンターの中の若い女の子は、何人も替った。どこかで、このママに魅かれているところがあるのかもしれない。

「キー、絶対返さないからね」

　ママが言い、ショットグラスにワイルド・ターキーを注ぐと、すぐにソーダのチェイサーを用意した。ストレートを飲む時のチェイサーは、大抵はソーダである。

　私は、ショットグラスの中身を口に放りこみ、チェイサーに手をのばした。口の中で、炭酸が弾け、ウイスキーの刺激を消した。

「相当いやなことがあったんだ、先生」

「ねえよ」

　二杯目を注げと、私は仕草で伝えた。

　俺の小説の登場人物は、みんなこんなふうに酒を飲んでいた。私は、そんなことを考えていた。間違っても、薄い水割りなどという註文はしない。

　二杯目も、ひと息であけた。ママは、黙って三杯目を注いだ。

「註文してねえぞ」

「絡むじゃないの、今夜は。あたし、絡まれるようなこと、した？」

「俺の言うことを、聞かねえ」

「なに、それ。口説きもしないくせに」

「いつも、口説いてるんだよ、眼で」

「あら、やっと調子が出てきましたわね」

　私は、苦笑した。

　苛立ちは、ストレート二杯で、なんとか抑えこめるようなものだったらしい。

　三杯目は、チビチビと飲み、四杯目に入った。

「今夜、何時までやってる？」

「さあね、二、三十分してもお客様がみえなかったら、閉めようかと思っていた時に、先生がどかどかと入ってきたのよ」

「じゃ、俺次第か？」

「いまのところ、そうね」

「店を、閉めよう」

「いいわよ、帰ってくれるなら」

「おまえの部屋に、帰ることにする。近くなんだろう。歩いていけるところだ」

自転車で通ってくることもある、という話を聞いたことがあった。

「口説いてるんじゃないよね、先生？」

「口説いてる」

「もし本気なら、ひどい口説き方だと思わない？」

「どこが？」

「好きだ、のひと言もない。ちょっと苛々してて、私をただ抱けばいいって感じ」

「男と女は、そこからはじまるんだ」

「あたしの考えは、違うから」

「愛してるだとか、好きだとか、そんな言葉を欲しがって、泣かされた女は星の数ほどいるぜ」

「あたしは、星の数ほどの女のひとり」

「じゃ、愛してる。好きだ」

ママが、吹き出した。

「先生が、酔っ払ったらむずかるタイプだとは思わなかった」

「男は、最後は駄々っ子なんだよ、ママ。その点で、俺も星の数ほどの男のひとりだ」

「ちょっとばかり、臍の曲がった光を出してる星だけどね」

四杯目を飲み干し、五杯目に入った。

「車のキー、返してくれ」

「駄目」

「じゃ、おまえの部屋だ」

「はじめから、それが狙いってわけじゃないよね、先生？」

不意に、私は鼻白んだ。ママに対してではなく、自分に対してだ。

「もっと、闊達だった。影を背負っていても、人に対する時は、そうだった」

「いつも、そうよ、先生は」

「俺の」

自分の小説の登場人物たちの話だ、という言葉を、呑みこんだ。あの青年と、同じになってしまいそうな気がする。

「陽気なだけだ、いつも」

「それ、闊達って言うんでしょ」

「陽気なだけは、能天気」

ママが、また吹き出す。一杯貰っていいかと仕草で示したので、私は頷いた。ワイルド・ターキーを、ストレートで飲む気のようだ。

「付き合ってくれるのかね？」

「ちょっと、つらそうだから。そんなことって、めずらしいし」

「いい女じゃないか」

「そうよ。三年以上も通ってて、気がつかなかったの？」

「いい女だとは、思ってたさ。しかし、そこまでいい女とは、思っていなかった」

「飲もうよ、先生」

「俺、呑まれちまったみたいだ」

「つまんないこと言うのね。女が飲もうと言ってるのに」

五杯目を、私は飲み干した。彼女も、ひと息であけた。

「惚れちまうぞ、おい」

「惚れさせようとしてるのよ。あたし、前から狙ってたんだから」

彼女は、それぞれのグラスに、またウイスキーを満たした。

ゲーム

1

ほとんどの場合、助手席に人を乗せて、無茶な運転はしなかった。車好きの女の子などに、車の加速性能を体感させてやるぐらいが、せいぜいだった。

昔はよく、山道などでテイルを滑らせ、カウンターを当てて、助手席の女の子の悲鳴を愉(たの)しんだりしたものだった。いまはそんなことをするのも、ひとりきりの時になった。それだけ、私は車を好きになったのかもしれない。ほんとうの愉しみは、ひとりだけでやるものだ。

由紀というその女性は、運転について詳しかった。ドライビングテクニックだけでなく、女性が苦手と言われるメカニズムについても、私より知識を持っていそうだった。

車を餌に、誘い出したようなところがある。そんなに好きならステアリングを握ってみるか、と言ってみたが、それは断った。

私は彼女を駒沢(こまざわ)公園でピックアップすると、首都高から東名高速に入った。

「いい音だね、先生。百三十キロを超えたぐらいから、哮(ほ)えるような音になった。ドイツ車だと、こんな具合にいかないよね。ほんとに機械が回ってるって感じで」

速度計は、ちょうど真直ぐに立っている。三百二十まで目盛が切ってあるので、真直ぐだと百六十というわけだ。混雑していない東名高速とはいえ、かなりのスピードだった。私は、覆面パトに追尾されないように、しばしばミラーに眼をやっていた。速度取締のカメラが設置してある場所もあり、それは頭に入っているので減速し、カメラをかわしたところで、四速に落として踏みこむ。引っ張れるだけ引っ張って、五速にあげ、さらに引っ張って、六速に入れた。メーターは、百八十を指していた。

「二百五十までは、軽く出るね、これ」

「出したことはないがな」

私の最高速度といえば、せいぜい二百三十というところだった。自分の車がどこまでスピードが出るか知りたい、という気持はあるが、そんな場所などなかった。この前に乗っていた車で、テストコースを走る機会があったが、メーターで二百八十を指した。実速を計測する装置もあり、二百四十五という数値が出ていた。イタリア車のメーターは、上にいくに従って、甘くなるという。

その時の経験から言うと、この車はメーターで三百を指し、実速で二百五十五というところになるだろうか。

「由紀は、何キロぐらいまで出したことがあるんだ？」

「百八十。リミッターが効いたから」

日本車は、百八十キロで燃料の供給がカットされる。どこかの行政機関の指導によって、そうなっているのだ。考えてみれば、おかしなことだった。日本に百キロ以上で走っていい道路はないのだから、百キロでリミッターが効くようにすべきだった。それ以上のスピードが出る車は、製造が即ち犯罪である。

現実には、百八十キロ出るし、制限速度が八十キロのところを、百キロで走っていても、まずスピード違反を問われることはない。覆面パトに捕まるとしたら、百二十キロ、レーダーにひっかかるとしたら百十キロぐらいだろうか。

私の友人が、二車線の高速道路で、二台並び、制限速度の八十キロで走り続けたことがあった。法律がいかに馬鹿げたものかを証明するための、雑誌の企画でそれをやったのだ。前方には、車が一台もいなくなったのだという。後方は渋滞したようだ。白バイが来て、流れを乱してはいけません、とスピーカーでやったが、そのまま走り続けた。別の法規で捕まりそうになり、車を停め雑誌の取材だと言ったら、なにも咎めずにそのまま去ったという話だった。友人の名は、多分、ブラックリストに載っただろう。それ以後も、交通法規のでたらめさの取材を続け、違反で挙げられるたびに、承服できないので、裁判のために検察庁から呼び出して欲しい、と切られたキップに書くのだという。そしていまのところ、一度も呼び出しは来ていない。罰金も払っていない。

ブラックリストに載るというのは、その人間の違反は容認しろということのようだ。普通の人間は、裁判をすれば必ず負ける。裁判官が、警官であるというだけの理由で、その証言を全面的に採用するからだ。友人は取材のためにやっているので、別の車がいてビデオ撮影もしている。だから、警察なのか検察なのか、どこかの段階で、検挙そのものがなかったことにされる。

私はその話を聞き、自分が法律に対して不信感を持ったきっかけが、スピード違反だったとふり返って確信した。少なくとも、交通取締に関して、法規は硬直し、警官は増長している、と私は思うようになった。

高速道路で、ある程度の違反を意図的にやろうと決めた時は、後方に雑誌の車を必ず一台走らせる。なぜ私が捕まらなければならないのか、という疑問を浮かびあがらせるために、ビデオ撮影しておくのだ。不思議なことに、それで捕まったことは、一度もない。

捕まったら裁判だ、と友人と話し合ってはいるが、そうなったことはなかった。それでも私は、ビデオの撮影をせずに運転している時は、きわめて慎重で、警戒の針を全身に立てている。

数台の車を抜いた。その中に、覆面パトが一台紛れこんでいた。私は、反射的に速度を落とし、左車線に移った。

「さすがに、わかってるじゃん。このまま走ってると、なにも考えてないやつが、あの覆面に捕まるよ」

右車線は空いていた。つまり安全であり、スピードを出す条件が揃っている、ということだった。

案の定、百三十キロほどで、走り抜けていった車がいた。覆面パトがすっと右車線に出て、しばらくすると赤色回転灯を出し、その車を捕まえた。

高速道路は、ゲームの盤面のようなものである。私は覆面パトを見分けたが、捕まった車は見分けなかった。ゲームではなく、現実社会でどちらが悪質かというと、私の方がずっと悪質なはずだった。さっきまで、百六十から百八十で走っていたのに、覆面パトを認識した瞬間に制限速度まで落としたのだ。

「この世は、知ってて悪いことをするやつが勝つね、先生。なにも知らないで、流れに乗っちまったやつは、捕まるんだよ。変なの。あたし、どう考えても変だと思う。先生みたいな、常習者を捕まえるのが、警察の仕事のはずよね」

「おい、麻薬をやってるってわけじゃないんだぞ。高が、スピード違反だ」

「だから、先生みたいな常習者だけ捕まえりゃいいのよ。たまたま流れに乗ってたために捕まったのは、お説教ぐらいで解放してくれなくっちゃ。だけど、警察って下種(げす)でしょう。点数をあげるために、普通に流れに乗った車を捕まえる。パチンコの景品交換所だって、警官の天下りのための利権なんだ。あんなの法律違反なのに、挙げられたって話、あたし聞いたことないもんね」

「パチンコがそうだなんて話はな」

「よしなよ、先生。私営の博奕(ばくち)は禁じられてんのよ、この国じゃ。それがパチンコじゃお金になる。おかしいじゃない」

「日本は、まだましな方だ、由紀」

「ましとか、ましじゃないとか、あるわけ。パチンコの玉がお金になることに、警察が関係して、いいわけ？」

「関係してるかどうか、わからないだろう？」

「本気で言ってる、先生？」

「半分は、お前を宥(なだ)めようと思ってる」

「なら、いいよ」

由紀が、横をむいた。

2

三車線のところに、差しかかった時だった。それまで私は、百二、三十キロという、私としては低速の部類に入るスピードで、中央車線を走っていた。

　前に一台しか車がいなくなった。その先は、ずっとあいている。私は二つシフトダウンし、踏みこむと、五速、六速とあげていった。前にいた車は、とうに後方である。

　ミラーの中に、車が飛びこんできた。私はとっさに左にウィンカーを出し、真中車線に移った。ミラーの中の車も、同じようにしている。さらに、ウィンカーを出し、左車線に移り、四速にひとつとばして落とし、エンジンブレーキも効かせた。

　速度計は、九十まで下がっている。

　ということは、右車線で踏みこんでいた時は、やはり二百キロは出ていたかもしれない。

「ほんとに、いやな男だよね、先生」

「おまえも、いやな女だぜ。さっき車群を抜けた時、覆面が混じってることに気がついてたろう。気がついて、黙ってたな」

「だって、ゲームみたいなもんでしょ。横から口出したら、フェアじゃないよ」

　ミラーの中で、右車線に飛び出してきたのは、間違いなく覆面パトである。慌てて、一車線飛び越えるようにして、右車線に出てきた、という感じだった。もう少しさりげなかったら、私は気づくのが遅れただろう。

　警察車が速度計測する時の決まりは、具体的には知らないが、いくつかあるようだ。

同一車線での一定の距離を追尾、というのも入っているという話を聞いた。追越の瞬間に計測すると、かなりのスピードが出ていることがあり、それは取締れないからだろう。追越を低速でやると、危険に繋がることがある。だから、車線変更すると、計測装置のボタンを押し直さなければならない、ということぐらいは知っている。

だから私はきちんとウィンカーを出して、ほかの違反を取られないように車線変更をくり返し、その間に減速した。

覆面パトが追いついてきて、真中車線を私の車と並走しはじめた。ちらりと眼をくれると、助手席の警官がじっとこちらを見ていた。

不意に、由紀が両手を出し、警官にむかってからかうように手を振りはじめる。覆面パトが、赤色回転灯を出した。左へ寄って停止してください。スピーカーから流れる声だけは、紳士的だった。ただ命令されていることには、変りない。

「わざと刺激したな、由紀」

「計測されてないから、大丈夫だって。ドライバーの顔ぐらい、見せてやらなくっちゃ」

「まったく、どういうつもりだ」

私は、左へ寄って減速し、車を停めた。高速機動隊の制服を着て、帽子だけ被っていない若い警官が、降りてくるのが見えた。私も、車を降りた。絶対に計測されていない。その自信はあった。スピード違反と言い立てるようなら、裁判ぐらいしてやってもいい。

それなりの取材にはなるだろう。

「なにか？」

免許証も出さず、私は警官にむかって言った。警官は、真直ぐに私を見ている。

「飛ばしておられましたね？」

「どうかな。追い越す時ぐらいは、踏んだかもしれない」

警官は、車の方にちょっと眼をやった。がなり立てたりしないやつの方が、厄介かもしれないと、ちょっと考えた。

「いい車ですね。走っている姿、惚れ惚れするぐらいでしたよ」

私を知っているのかもしれない、と一瞬思った。時々、雑誌に顔を出したりはしているのだ。

「気をつけてください。それから、助手席のお嬢さんに、あまり他のドライバーの気を散らすようなことはなされないように、とお伝えください」

それだけ言い、警官は車の方へ戻っていった。赤色回転灯をひっこめた覆面パトが静かに発進し、走り去った。なぜか、私は索漠とした気分になった。私を知っていたのかどうか、わからなかった。知ろうが知るまいが、若い警官の態度は、間違いなく私を萎えたような気持にさせている。

「ほら、計測なんかされてなかったじゃない」

「そうだな。そんな走り方をしたんだから」

「それにしちゃ、しゅんとしてるね、先生。勝ったぞって気にはならないの?」

「お説教をされた」

「へえ、お説教されたら、先生は落ちこむんだ。あたしも、してやろうかな」

「説教の仕方にもよるな」

車を出した。流れに乗り、百キロちょっとで、御殿場まで走った。

「おまえも、いい加減にしておけよ」

「あたしは、お説教されていないもん」

「いま、俺がしている」

料金所では、由紀がウィンドウを降ろし、ハイウェイカードを出した。

「夕めしは、フランス料理でいいな。おまえ、フルボディの赤が好きだと言ってたろう?」

「いいよ」

まだ二十一で、私から見れば少女のようなものだった。兄貴の改造車を乗り回して、運転を覚えたのだと言っていた。

煙草に火をつけた。夕方までには間があり、街道に車は少なかった。

「どうした?」

黙りこんだ由紀が、ホテルに行くのをいやがっているのだ、と私は解釈した。

「赤ワインだよね」

「そうだ」

「フランス料理だ」

言ってから、由紀がうつむく。

「ねえ、先生、ゲームみたいなものだと思おうよ」

「なにを？」

由紀が、拒絶するかもしれないという予感は、いっそう強くなった。

「計測できるかできないか。されてれば、免停じゃ済まないぐらいのスピードだったんだし。先生だって、リスクしょって踏んだんだ。だから、ゲーム。そして、勝ったと思おうよ」

「なんだ、あの覆面パトを、まだ気にしてたのか」

「あたし、はしゃぎすぎた」

「もう、忘れた」

「ゲームだよね、ゲーム。どうせ、これからベッドの上で、もう一度ゲームやるんだし」

私は笑い声をあげ、煙草を消した。

「いい女だ、おまえ。少なくとも、素質はあるぞ」

「はしゃぎすぎるのが、欠点なんだ」

「きれいな方ですね。あの警官、そう言ってた。俺が、羨ましいって」

「やだ、ハイウェイで、軟派？」

私は、また声をあげて笑った。

機上にて

1

離陸してしばらくの間、私はうとうととしていた。機内に入り、自分の席に腰を落ち着けてから、半分眠っていたと言っていいだろう。ただ、リクライニングも倒せないし、フットレストも出せない。

空港のラウンジから、最後の原稿をファックスで送った。つまり、徹夜明けである。昔はこういうことが当たり前だったが、空港へむかう車の中でも原稿を書いていたというのは、久しぶりだった。車に酔ったような感覚が、ずっと続いている。

「ねえ、起きて」

英子の声で、私は眼を開いた。スチュワーデスが、飲物を配りはじめている。

「食事を終ってから、ゆっくり眠った方がいいと思う。お腹、減ってるって言ってたでしょう。眼が醒めたころは、みんな寝てるわ」

それならそれで、スチュワーデスを呼んで、食事を頼めばいいことだった。すぐに出せる食事はあるのだ。

機上の食事は、結構時間がかかる。ひとりずつサーブしていくからだ。それでも、食事が終ってから眠った方がいい、という気分に私はなった。

飲物は、はじめから赤ワインを頼んだ。英子は、ちょっと緊張した声で、ドライシェリーを註文している。

英子とは、はじめての旅だった。というより、関係を持って三ヵ月しか経っていない。これから何年かを付き合っていけるかどうかの、いわばテスト飛行のような旅だった。肉体は、ほぼ完全に私の好みを満たしていた。ただ、そんなものはすぐに飽きる。性格や考え方も、三ヵ月でなんとなく摑める。ただ、相性のようなものは、しばらく一緒に暮してみなければわからない。特に、旅などをしてみると、性格や日常などが凝集して見えてくる、と私は思っていた。

グラスの赤ワインが運ばれてきた。ボトルごと持ってきてくれ、と私は言った。笑って、スチュワーデスが頷く。

「笑ってたけど、怒ってないかな、あの人」

小声で、英子が言った。

「かえって、手間が省けるんだ。グラスを空けるごとに、注がせてみろよ。そっちの方が顰蹙(ひんしゅく)もんだ」

彼女は肩を竦めて、ドライシェリーを口に運んだ。

やがて、前菜のサーブがはじまった。私は、カナッペのようなものを、二つ頼んだ。それだけで充分だった。英子は、何種類か註文している。

ワインを一本空けた時点で、私はトイレに立ち、リクライニングを倒してフットレストもあげた。デザートもコーヒーもたくさんだった。完全に、眠る態勢である。

躰に、毛布がかけられる。食事はまだ続いているようだが、私の席のテーブルも収納されている。足の先まで、英子は毛布をかけていた。

眼が醒めた時は映画の上映中で、英子はイヤホーンを耳に当てていた。私はトイレに立ち、戻ってくるとスチュワーデスを呼んで、ブランデーを頼んだ。機内では、いまはもうどの航空会社も禁煙になっている。酔っ払って寝ている以外に、方法はなかった。

「あたしも、貰おうかな」

「映画は？」

「つまんないの。だから、少し眠くなってきた」

「眠っておくのはいい。ニューヨークに着くの、午前中だからね」

「長距離の飛行機、乗ったことがないから、緊張してた。乗ってみると、どうってことないな」

海外旅行ははじめてだ、と英子は言っていた。飛行機に乗ったのも二回だけで、一度は修学旅行で北海道へ、もう一度は親類の人間の付き添いで高知まで行ったのだという。

「まあ、むこうに着いたら、時差ってやつにやられる。夕めしを食ってる最中に、眠くて眠くてどうにもならなくなったり、夜中には何度も眼が醒める」

「それ、多分大丈夫。徹夜で遊んでる気になればいいんだから」

活発な女だった。顔立ちは南国的なところがあり、実際、両親ともに四国で生まれたのだという。英子自身は、東京の下町で生まれていた。

「睡眠不足なのに、夜中に眼が醒める。こいつがくせものなんだ」

「挑戦してやる、くせものに」

店は、一週間休ませていた。私はマンハッタンに小さな用事がいくつかあり、それは二日で片付くはずだった。

二十三歳である。若い女との旅行は、何度か経験していた。娘に間違われることも、付き添いの看護婦と思われたこともあった。大抵は、熱帯のリゾートだ。ニューヨークなら、どんなカップルでも不自然ではなく、興味を示す人間もいない。

「おい、マンハッタンじゃ、毎日腕を組んで歩こうな」

「どういう風の吹き回しなのかな。いつも腕にぶらさがるな、と言うくせに」

「わかったよ。じゃ、マンハッタンでもぶらさがるな」

「おんぶして貰う」

「くだらない冗談だな」

「洒落（しゃれ）で言ったのよ。あたし外国ははじめてで、英語なんか喋れるわけないし、だから先生におんぶに抱っこ」

「部屋の中じゃ、いっぱい抱っこしてやるよ」

「いやだな。言い方がオヤジ」

　父親のオヤジではなく、中年男のいやらしさを表現するためにこの言葉が使われるようになったのは、いつのころからだろうか。若者の言葉遣いにさして敏感でない私も、オヤジのニュアンスぐらいはわかった。

　ブランデーをもう一杯頼むと、スチュワーデスは笑ってボトルごと持ってきた。機内の照明は落ちていて、スクリーンの変化で、スチュワーデスの表情も明滅する。

「酔っ払いと思われたかな、あたし」

「面倒臭かっただけさ。サービスしているような表情で、面倒臭さを省ける。彼女たちにとっちゃ、手のかからない客だろう。勝手に酔っ払って、寝てくれるんだから」

　小声で喋っていた。ほかの席が、寝ているのか映画を観ているのか、よくわからなかった。

2

次に眼醒めた時は、映画も終っていて、みんな眠っているようだった。いや、読書灯が点いた席が二つある。話し声などはまったく聞えない。

私はトイレに立ち、戻ってくるとスチュワーデスを呼んだ。

「コーヒーを」

「かしこまりました」

スチュワーデスの声も、囁くようだった。

私は読書灯を点け、読もうと思って座席のポケットに突っこんでおいた本をとった。英子は眠っている。寝顔には、かすかな幼さが残っていた。スチュワーデスが、コーヒーを運んでくる。

私は本を開き、読みはじめた。いつも、機内では本を読もうとするのだが、これまでまともに読めたことは、ほとんどなかった。旅行という心理と読書ということが、私の場合はどうにも合わないらしい。

それでも、私は十頁ほどは読んだ。いくらか努力はしたと言っていい。それから、神経は散漫になった。活字から眼が離れ、もう一度読もうとすると、ずっと前の方を読んでいることに気づき、また眼を離してしまう。そのくり返しだった。

なんとなく、煙草を喫いたいと思った。ヘビースモーカーだが、煙なしでも意外に耐えられる。映画を観ている時は、煙草のことなど頭に浮かばないし、食事中は喫おうという気もない。新幹線に数時間乗っている時も、わざわざデッキへ行って喫おうという気にはならなかった。

コーヒーを飲み干した。

夜勤の看護婦のように客席を回っていたスチュワーデスが、黙って容器を下げていった。

私は、読書に集中しようと、さらにいくらかの努力を重ね、十数頁読み進んだ。読んだ内容は、ほとんど頭に入っていない。馬鹿馬鹿しくなり、私は本を閉じた。読書灯を消す。なにも、することがなかった。英子の小さな寝息に、ちょっと耳を傾けた。もう一度アルコールの力を借りて眠るには、到着の時間が迫りすぎていた。

英子が、かすかな身動ぎをした。

「いけない、眠っちゃったわ」

小声で、英子が言う。

「飛行機の中では起きてて、ニューヨークに着いてもずっと眠らないでいると、夜になって、いやでも眠くなると思ってた」

そんな時差克服法は、しばしば海外に行くようになったころ、私は何度も試していた。夜中に眼が醒めて、朝起きるのが苦痛になるというパターンだった。

「頭の悪いやつは、最初はみんなそう考える」

「なによ。いけないの？」

「夜中に、昼寝をするような状態になるからな。どうしても、二時間ぐらいで眼が醒めちまう」

「そうなの？」

「いろいろと、実験はしたし、人の話も聞いた。結論として、そういうことだ」

「みんなそうなら、時差のことは気にしても仕方がないってこと？」

「ところが、平気なやつはいる。なにもしなくても、眠れるやつがな。それから、はじめから躰を馴らしてくるやつもいるんだ」

「どうやって？」

「食事時間だな。一週間ぐらい前から、食事のとり方を、あらかじめ現地の時間に合わせる。朝、昼、晩と、食うものの内容までな」

「じゃ、夜中にこってりしたものを食べたりするわけ？」

「そういうわけだ。ヨーロッパに行く時と、アメリカ大陸のどこかじゃ、かなり違うが」

「そういうの、馬鹿みたいだね。日本で、夜中にフルコース食べて、胃にもたれて、勝手に苦しむというだけのことじゃない」

「ま、そういうことになるな」

「用心深い人生なんて、あたし、どうにも苦手だわ」

「俺もさ」

「大体、人生なんてなにが起きるかわからないしい」

「まったくだ。二十三のおまえは、二十五ぐらいの恋人が欲しいと思ってた。それが、五十三の男と旅行だからな。なにが起きるかわからないのが、確かに人生だと言える」

「あたし、先生の恋人？」

「わからん」

「あたしも、よくわかんない。なにしろ、あたしの父より、ずっと歳上だもんね」

「ずっとってほどじゃないだろう」

「四十五。八つも違うよ」

四十五歳のころ、私は自分がなにをしていたか思い返した。南米の、ジャングル地帯の中で、ひと月暮した。東南アジアの、麻薬と売春しかない地帯に、二週間いた。三十一歳の恋人がいた。五千枚を超える、長篇を書いた。娘が、大学に入学した。思い浮かべられるのは、その程度のことだった。

「親父さん、なにしてる。訊いたことなかったよな？」

「赤坂で、小さなバーをやってる。あたしは、再婚した母と暮してるわ。義理の父は、小さな会社を経営して、父親の違う弟がひとりいる」

「知らなかったな」

「訊かなかったもん。はじめて抱かれたあとにも、そんなことは訊かれなかった」

「なにを、訊いた？」

英子をはじめて抱いたのは、三ヵ月ほど前のことになる。それから、週に一度ぐらいの割りで、躰を重ねていた。

「俺は、何人目の男かって。三人目と言ったのに、信用してくれなかった。ほんとなのに」

「信じるよ」

「こうなったら、そう言うしかないものね」

「そういうことだな。というより、おまえの過去に重大な関心を持ってるわけじゃない」

「あっそう」

「おまえに関心がないってわけじゃないぜ、念のために言っとくが」

「でも、あれからセックスの話しか、先生してないよ。肛門に入れられたことがあるかとか、縛られたことがあるかとか」

「それは、不謹慎な」

「このオヤジ、なに考えてるんだろうと思ったよ、あたし」

いきなり羞恥の感覚が襲ってきて、私はシャツとズボンのポケットに手をやった。煙草を捜そうとしたのだった。そういうものは一切持たずに、私は飛行機に乗る。

「それで？」

「つまり、不謹慎な質問をされて、どう思ったかってことさ」

「つまんないことを訊いてるって思った」

「それだけか？」

「肛門に入れられたくはない、とも思った」

「そりゃそうだ、経験したことがないんなら」

「経験したくもないよ」

言って、英子はくぐもった笑い声をあげた。

「大体、先生はどういうつもりで、あたしを旅行に連れてきたの？」

「何度も寝てるわけだし、まあ、成行だな」

「言い方、オヤジチックだよね。いいけど。ニューヨークの旅行と言ったら、あたしが飛びつくと思ったの？」

「成行さ。もう抱いちまってる女に、旅行を餌にすると思うか？」

「そうだね。言えてる。あたしは、これからも先生と付き合っていけるかどうか、相性を確かめようと思ったからかな」

「相性ねえ」

「それって、大事でしょ？」

「まあな」

「五十三の男が、若い女に入れこんで、こわれたりしてもまずいと思ったし」

私と同じことを、英子は考えていたということになる。ただ、私より、いくらか正直なだけだった。

「まあ、うまくやろう」

英子は、頷いているようだった。私は到着時間まであとどれぐらいか、時計に眼をやった。

既視感

1

歩き方が、速くなった。

以前は、もっとゆっくり歩いていた。いまは、歩くために歩くからである。つまり目的地もなく、運動のことだけを考えているというわけだった。

自宅にいる時は、同伴者がいる。犬である。大型犬なので、かなりの運動量を必要とした。私が歩くことを生活の中に組み入れはじめたのは、犬を飼いはじめたからだった。

仕事場のホテルにいる時は、ブランチのあと、周辺を歩き回る。既視感を避ける歩き方というのが好きで、前に来たことがあると思うと、道筋を変えるのだ。そのため、とんでもない方向に行くことが、しばしばあった。歩く時間を一時間と決めていて、うまくそれでホテルへ帰れることは少なく、大抵はタクシーの世話になることになる。ホテルでは仕事をしているのだから、時間を無駄にすることは、極力避けようという意識も強いのだ。

ブランチから一時間後に部屋に戻ると、掃除は終っていて、部屋は生活感のない、いかにも仕事だけの場所としての存在を取り戻している。

そういう変化が、私は嫌いではなかった。

ブランチのあとコーヒーを飲み、私はいつものようにホテルの外に出た。靴はスニーカーで、晴れた日の意外な暑さに備えて、汗拭きのハンカチも用意していた。

ホテルから五百メートル以内は、行きも帰りも、知っている道を通らざるを得ない。それから先は、まだ踏みこんだことのない路地が、いくつもあった。

道は結局どこかで一緒になっていて、まるで違うところというのは不可能に近いが、既視感のある場所に出ると、私は必ず小さな路地を捜した。そこを抜けると、また既視感がある。

歩いている時に、考えることはなにもない。いや実際はあるのだが、思念というほどのものでなく、とりとめのないことが、浮かんでは消えるのだ。これが、犬という同伴者がいるだけで、かなり違ってくる。犬の眼になって歩いているのだ。公園のこの場所には、野良猫が数匹棲(す)んでいるとか、巨大な秋田犬が塀のすぐそばにいるところでは、道の反対側を歩こうとか、たえず考えていることがある。よく出会う犬など、ただ擦れ違うだけでも知り人に会った気分になり、飼主に別の場所で挨拶されると、誰だったかと首を傾げてしまう。結局、思い出せないままで、犬と歩いている姿を見て、大きく頷くこともある。

ホテルの周辺では、知り人に会うことも少なかった。たまに挨拶されると、ホテルの従業員であることがほとんどで、こちらも私服だから一瞬首を傾げるが、大抵は名乗ってくれる。

私は塀に沿った路地を、下っていった。緩やかな傾斜が、歩いていると微妙に不快感を誘う。登りの勾配の方が、むしろ歩きやすいのである。

平日の昼間だから、見かけるのは主婦と思える女性が多い。電気工事などをやっていると、その中に荒っぽそうな男たちが混じる。ほかに多いのは、やはり犬の散歩である。路地を歩くと、庭の前を通る恰好になり、植木の手入れをしている老人を見かけたりすることもあった。

住宅街の様子を観察しようなどという気はなかった。ほとんどどういう光景でも、およそ想像の外に出るものはない。ありそうな日常が、ありそうなたたずまいで静かにそこにある、という感じしかしない。これがオフィス街だと、人も多く、意表を衝くようなことも起きるのだろう。歩く範囲の中にオフィス街も入っているが、住宅街ほど路地がなく、一度歩けば、避けることになってしまう。

下り坂の路地は、いつまでもだらだらと続いた。右側は背丈を超える塀だった。左側はちょっとした崖で、家々の屋根が眼下に見えた。つまりは、高台から緩やかに下っていくための、近道のようなものだろう。崖にへばりついている、という感じの道で、車は勿論、多分自転車も通らない。歩いているのも、私ひとりだった。

ようやく坂を下りきると、小さな町工場があり、コンプレッサーの音が響いていた。その工場は、見たことがある。夜まで騒音を出すな、と貼紙を出されていたことがあった。住宅街の工場というのは、それなりに苦労も多いのだろう。

私は、横道を入っていった。ちょうど工場の裏側に出る道で、両側とも倉庫に挟まれた。大して長い路地でなく、すぐに舗道のない道に出た。車は時々やってくる。そこから、十分ほど歩くと、見知らぬ公園があった。桜が終ったころで、新緑が眩しい。木のある庭とはまた違うたたずまいが、その公園にはあった。私が近づいていくと、老女がひとり杖(つえ)をついて出てきた。公園で休んでいて、やっとまた歩く気力を出したという感じに見えた。その老女は私の方にむかってきて、擦れ違い、私がふり返っても、杖にすがって歩く姿勢をまったく変えていなかった。

引き返し、声をかけようという気に、私はなった。踵(きびす)を返し、老女を追い越すように歩いていく。

追い越した私にも、また戻ってきた私にも、老女は無関心だった。私だけでなく、外部のすべてに対して、老女は関心を払っていないように見えた。

「やあ」

擦れ違う時、私は声をかけた。老女は無表情で、歩く調子を変えようともしなかった。

聞えなかったのかもしれない。自分が声をかけられたと、思わなかったのかもしれない。

「吉川さん」

名前は、はっきり憶えていた。思い出すための努力は、まったく必要なかった。

老女は、相変らず同じ調子で歩いている。もう一度声をかけようという気を、私はなくしていた。

久しぶりに、私は足もとを見つめ、歩きながら考えた。めまぐるしく、頭は回転を続けている。

「まさか」

しばらくして、私は声に出して呟いた。

しかし、あり得ないことではない。生きているかぎり、どんなことでもあり得る。ただ、あまりに低い確率だというだけだ。

気づくと、一時間二十分近く歩いていた。

私は大きな通りに出、タクシーにむかって手を挙げた。

2

私は、二十歳になろうとしていた。

その女性と知り合った経緯も、はっきり思い出すことができる。私は学生で、すでに社会人になった先輩に、連れていかれた酒場だった。その女性がひとりでやっている店で、値段も安直だから、アルバイトでもしたら飲みにきてやれ、と先輩には言われた。その時、私はすでにアルバイトをしていて、先輩の払う金額を見て、ひとりで来るのも、たまにならば難しくないと思った。

ひとりで行ったのは、翌々日だった。女性に魅かれたというより、ひとりで酒場に行く冒険に惹かれたと言った方がいいだろう。ほかに三人客がいて、私はあまり喋れず、続けざまに酒を飲んで気分が悪くなった。

私は金を払って外に出たが、その女性は追いかけてきて、慌てて酒を飲んではいけない、というようなことを言った。

次に、数日後、夜遅く行った。コンパの流れの途中からひとりになり、飲み足りないような気分だったのだ。

女性は、店を閉めようとしているところだった。今日は、早い時間に混んだのだ、と女性は言った。閉めかけた店を開けて貰えるほどの客だと、私は自分のことを思っていなかったので、帰りかけた。呼び止められた。店は開けてくれなかったが、別の店へ連れていかれた。

その女性にも、私は魅かれていたのだろう。別の店へ行って飲むのがいやではなく、むしろ望ましい状況になったと思ったような気がする。女性は、すでにかなり酔っていた。

圭という名は、その時はじめて聞いた。

タクシーでワン・メーターぐらいのところに、圭は住んでいた。１ＤＫの古いアパートだったが、風呂もトイレもあった。

そのあたりから、私は夢中だったようだ。圭は少し肥っていて、三十五だと言った。いまの私なら、三十五でもまだ若い女だと感じるが、その時は、おばさん以外のなんでもなかった。そのおばさんの、乳房が少し垂れ、下腹に豊かに肉がついた躰を、私は外が明るくなるまで、くり返し抱き続けていた。

圭とは、それから一年ちょっと続いた。私は店へ行くことはなく、電話をして二日か三日に一度は部屋へ行った。

別れたのは、私に恋人ができたからだった。つまり、圭と恋をしていたのではないということだったが、微妙に心が痛んだことも、圭が涙を見せながら、おばさんだもんねえ、と諦めたように言ったことも、明瞭に憶えている。はじめは、新しい恋人のセックスの反応がもの足りず、何度か圭に電話をしかけたこともあったほどだ。

いまなら、恋は恋、ベッドはベッドと小狡（こずる）く使い分けをしただろう。若い純粋さは、いま思い出すと、やはり懐しい。

翌日、私はまた散歩に出かけた。

これまでのやり方を無視し、老女が歩いていた道を、二往復して、公園で二十分近く時間を潰した。

あの老女は、圭に似ていた。というより、歩いてくる姿を見た瞬間、圭だと私は思った。三十三年前のことだから、圭は七十歳に近くなっているはずだった。

十五年ほど前、私は圭から手紙を貰ったことがある。

とてもいい小説だと思ったので、思わず手紙を書いてしまったが、読んだら忘れてくれ、とあった。便箋数枚に書かれた感想は、印象的なもので、いまでも内容の一部は憶えている。

私は本名で作品を発表していて、住所もことさら隠してはいないから、調べればわかったのだろう。しかし差出人は吉川圭というだけで、住所は書かれていなかった。思わず、返事を出したくなるような手紙だったので、姓名だけ記された封筒のこともよく憶えている。

二日目も、私は同じ時間に、同じ道を歩き、同じ公園で二十分ほど過した。老女が現われることはなかった。

あの老女はいくつぐらいだったのか、と私は考えた。七十にも八十にも見えるし、六十と言ってもおかしくない、と思った。

自分より年長と思える女性の年齢を、私は正確に測ろうとしたことがない。つまりは、関心がないのだ。若い女にしか関心を示さない俗物根性は、四十を過ぎてからは、年ごとに強くなっている。

二日、私は仕事で散歩に出ることができず、三日目に、時間を見て外へ出た。圭に似た老女と会ったというショックのようなものはかなり薄らいでいて、ただの思い違いだろうとどこかで諦めているところもあった。

それでも私は、同じ道を二往復し、同じ公園のベンチに腰を降ろした。

もしあの老女が圭だったとして、会ってどうしようというのか。ベンチで煙草を喫いながら、私はぼんやりと考えた。十五年前の手紙の礼を言うのか。それとも、三十三年も前のことを語るのか。

いずれにしても、馬鹿げたことだ。

そう思っても、私はベンチから立ちあがらなかった。

老女の姿が、公園の入口に見えたのは、煙草を二本喫い終えた時だった。

老女は、公園の入口まで覚束(おぼつか)ない足どりで歩いてきて、迷うこともなく入ってきた。杖をついているのが、道路のアスファルトではなく、公園の砂利になった。ひどく歩きにくそうにしていたが、老女がむかっているのが、私が腰を降ろしているベンチであることは、ほとんど間違いなかった。

杖が、砂利と砂利の間に入ったのだろうか。老女の手から杖が離れ、倒れた。

私はそれを、黙って見つめていた。杖をなくした老女は、困惑したように立ち尽し、じっと杖を見降ろしている。

やはり、吉川圭だろうか。茶色の髪はすっかり薄くなっていて、顔に刻まれた皺も深い。

それでも、吉川圭に見えた。

老女は、二度、三度と足の方に手をのばし、躰を屈めようとした。うまくしゃがみこむことができないのだと、その時はじめて私は気づいた。どこかに不自由なところを抱えていて、そのリハビリのための散歩なのかもしれない。

私は腰をあげ、老女に近づいていった。老女は、深くなにかを思うように、倒れた杖をじっと見つめている。近づいていく私に、気づいているとは思えなかった。

私は老女のそばに立ち、しゃがみこんで杖を拾いあげた。杖の握りにのびてきた老女の皺だらけの白い手は、かすかに痙攣（けいれん）しているようだった。

杖をしっかりと握り、首だけ前に倒すような仕草を、老女はした。お辞儀をしたのだろう、と私は思った。

「お世話様でございます」

老女は、台詞（せりふ）でも言うように、そう言った。

「吉川さんですよね」

思わず、私は言った。

「吉川圭さんじゃありませんか？」

「お世話様でございます」

老女の答は、それだけだった。

胸に、名を書いた布切れを縫いつけている。連絡先と書かれた次に、住所と電話番号、そして野村と書いてある。野村というのが、連絡先の名なのか本人のものなのか、判断はつかなかった。私は、電話番号を記録しようとして、胸ポケットのメモ帳に手をやった。しかし、それでやめた。電話をして確かめるのも、失礼な話である。

乳房の上のところに、少し大きめの黒子があった。それを思い出したが、ちょうどその場所には、携帯電話がぶらさげられている。

自分はなにをしているのだ。私はふと思った。私は、老女に頭を下げた。

「お世話様でございます」

老女からは、同じ台詞が返ってきた。

男の小道具

1

葉巻を喫うようになったのは、二十年ほど前からだった。

当時は旅行がかなり難しかったキューバで、ハバナ産の味を覚えてから、食後の必需品のようになった。ハバナ産以外の葉巻との味の差は、微妙だが確かにある。値段の差は、もっと大きい。私はハバナ産にこだわり、海外に行くと手に入れることに心を砕き、ほんとうに切れそうになったら、キューバまで出かけていくようになった。

日本にシガーバーと称するものができたのは、多分十年ほど前で、売っているものは高価だった。それが流行したのが、ここ四、五年というところだろう。

ニューヨークで、嫌煙権運動の反撥として、シガーバーが飛躍的に増えた。レストランで煙草を喫えないというケースはまだ少ない日本も、例によってニューヨークの真似をしたのだ。ただニューヨークは、キューバとの関係で、ハバナ産は禁輸品である。したがって、ニューヨークより品揃えはずっと高級になっている。

そういう店に、私は時々顔を出すが、若い男が得々として高価な煙を吐いているのを見て、鼻白んだ気分になる。私ははじめ、隠れるようにして葉巻を喫っていた。尊大に見えるのではないか、などと気を遣ってしまっていたのだ。人前で堂々と喫うようになったのは、四十をいくつか過ぎてからである。

眼の前の、二十五、六にしか見えない男は、その葉巻に堂々と火をつけ、続けざまに煙を吐いていた。喫っているのは、モンテクリストの、一番長いサイズである。ただ、続けざまに喫うので、すでに火は片燃えをはじめていた。

「それで、なんだ。俺と令子が付き合っているのが気に食わん、とわざわざここまで言いに来たってわけか？」

私が仕事場にしている、ホテルの一室だった。ロビーから館内電話があり、令子のことでと言ったので、ティールームなどではなく、部屋にあがって来いと言ったのだった。

「別に気に食わねえっていうより、令子二十一ですよ。まだ学生なんだし」

「だから」

「あんた、もう五十過ぎでしょう」

「それが、二十歳の女の子と付き合っちゃいかんという理由か」

令子は学生で、ついこの間、誕生日を迎えて二十一になったばかりだった。身なりから、この草間と名乗った男は、学生ではなく、すでに勤め人になっているようだ。

「俺は、非常識なんだよ。常識がどうのなんて言ってちゃ、小説なんか書けやしねえんだよ。まず、ひとつ訊いておく。草間、おまえと令子の関係は？」

「友人ですよ」

「おまえがここへ来たことを、令子は知ってるんだな？」

「いえ、それは」

「ほう、おまえが勝手にやってるってことか。俺と令子の間がどうなってるか、ほんとには知らないくせに、非常識だって俺に説教してるのか？」

「彼女から、聞いてますよ、いろいろ。相談もされているし」

令子が相談しているというのは、ありそうなことだった。男と女のことで、女が沈黙を守り通すことなどない、と私は思っている。

「それで令子は、おまえみたいな小僧が、俺に説教する方がいい、と思ったのかな？」

「別れた方がいい。それが健康だ、とぼくが考えたんです」

真面目という点では、私が同じ年齢だったころより、ずっと真面目な男なのだろう。そして私は、そういう男を硬直しているとしか考えなかった。いまは、ちょっとほほえましくもある。

「ぼくはですね」

「やめろ、小僧。それとも、俺と殺し合う度胸があるのか」

低い声で言うと、草間がうつむいた。実際にやらなくても、それぐらいの殺気を相手に浴びせるぐらいの技は、身につけている。

草間が、怯(おび)えたような表情をした。しかし、ほんとうに私がそんなことをする、とも思っていないだろう。

「殺し合いってのが、どんなのかわかってるんだろうな?」

「そんなこと言っても」

「別に、突いたり斬ったりってんじゃないんだよ。それに、肉体を殺すと面倒なことになる。それぞれが持っている力をすべて出し合って、相手を社会的に抹殺しちまうってことだ」

大人の狡さである。こんな小僧が持っている力など、知れたものだった。自由業である私にも、力などはないが、ありそうに見えるとはわかっていた。

「女ひとりで、命のやり取りをする。馬鹿馬鹿しいと言えば、そうだよな。俺も、寝醒めは悪いだろうし」

「待ってくださいよ」

「それだけの肚(はら)くくって、俺のところに乗りこんできたんじゃないのか?」

「ぼくは、先生に常識を」

「もう言うな。わかった。俺は俺で、令子と付き合う。おまえはおまえで、勝手にやる。そういうので、どうだ？」

「そんなこと、言われても。無茶な話じゃないですか」

「俺は、非常識だって言ったろう。それに、おまえの常識の先にある女の姿ってやつが、見えてくるかもしれん」

草間の葉巻が、いつの間にか消えていた。慌てて火をつけようとしているが、なかなかつかない。完全に消える前に火をつければ、こういうことにはならない。女の扱いと同じように、葉巻にも慣れていなかった。

「いいか、てめえの女のことで、相手の男に話をつけに来るってのは、やくざ者のやり方なんだ。ちゃんとした男なら、女の顔をしっかり自分にむけさせる。つまり、女に選ばれる覚悟ができる。おまえみたいな小僧に言っても、無理だろうがな。だからおまえは、令子と付き合って、自分だけに顔をむけさせているようにしろ」

なんとなく、頷くような仕草を、草間はした。私の言う理屈は、わかったのだろう。

「しかし、俺がいるのも忘れるな。女なんて、その場で都合のいいことを言う。あなただけよ、などと言って、俺のところにも来ている可能性がある。それでよしと思えたら、おまえのような男が感じそうな責任ってやつはずっと軽くなる。女がなにか、ということも見えてくる。それが許せないというなら、別れること覚悟で、令子のことを詰めるんだな。俺は、共有物にしておいた方がいい、と思うが」

「そんなことは」

「できないか。そう思いこんでるだけじゃないのか。ここで答える必要はない。帰ってよく考えてみろ」

「だけど、どっちにしてもぼくは、令子と話をしなくちゃなりません」

「したけりゃ、するさ。したくなけりゃ、しない。これ以上、俺はおまえに、なにも言う気はないね」

「そうですか」

「女ってのは、よく見ていりゃ、尻尾を出す。尻尾を見ても、見ないふりをして、裏で舌を出してる。女がいつもやっていることを、男の方でやってやる。俺は、結構痛快なことだと思うがね」

「ぼくは、若いんですか？」

「狡くないってだけさ。そしてそういうやつが、いつか手ひどい目に遭わされる」

「だけど、尻尾なんて、ぼくには見つけられませんよ」

「尻尾らしいもの。それでいいんだ。それを見つけても、はっきりさせてもいかん。都合よく、おもちゃにしておく理由にするのさ」

「わかりません」

「おまえ、俺のところへ乗りこんでくるのに、一大決心をしたんだろう。そういう時は、なにもわからん。一週間経って、俺の言ったことを、よく考えてみろ」

私は、ホテルの部屋に置いてある湿度調整をしたシガーボックスから、モンテクリストを一本出し、吸口をカットし、シガー用のライターできれいに丸く火をつけた。

「男には、小道具ってのがいっぱいある」

私が笑っても、草間は複雑な表情をしているだけだった。

2

男が乗りこんできたこともなにも言わず、私はそれから令子とも以前と同じように付き合っていた。

恋人のように、いつも逢っているという関係ではない。ひと月から半月に一度、呼び出してホテルに行くという関係である。それが、親密な女ができれば間遠になることは、私にもわかっていた。令子に好きな男ができても、同じことだ。

容姿は人目を惹く方だが、驕慢(きょうまん)なところはない。むしろ、お人良しの部分があり、それが男に言い寄られると、落ちてしまう理由のひとつだろう。セックスの快感が、まだよくわかっていないところもあり、したがって男と寝ることに、大きな意味を感じないという面もある。

　成熟には遠いが、見事な乳房を持っていた。令子と交わる時、私はいつも下である。大きな乳房に触れるのにも、眺めるのにも、それが最適の体位だった。はじめから、私に跨がることに令子は抵抗を示さなかった。

「最近、学校はどうなんだ？」

　行為の最中に、そんなことを訊いたりもする。答えられないという状態は、ほんの短い間で、大抵はなにか返ってくる。

「単位、落としてないか？」

「そんな話、しないでよ。いま、甘い時間なんだから」

「甘い時間ね」

「先生こそ、浮気してない？」

「浮気といや、みんな浮気だ」

「いやな男」

「大人って、みんなそうだぜ」

「先生だけだ、そんなの。大人でも、きっと純情な人はいるはずよ」

「純情を演じてるだけだ。昔は、俺もそうだった」

「わかんないなあ」

「おい令子、もうちょっと躰を倒せ。これじゃおっぱいに手が届かん」

「いやだあ。先生って、ほんとに無精よね。そんなんで、なんでモテるのかなあ」

「口だけで、大してモテちゃいないさ」

「ほんとに？」

「ちゃんと俺を相手にしてくれるの、令子ぐらいのもんだ」

「嘘だ」

「嘘じゃない」

「ほんとなら、なんでもしてあげる」

会話は他愛（たわい）ないものだが、行為の最中にこれだけ喋れるというのは、大した快感がないということでもある。

私はただ、まだ成熟には遠い、若い肌の感触を愉しんでいるというところがあった。こういうセックスも、どこか気分が楽なのである。

終ったら、二人でシャワーを使う。はじめる前もシャワーだが、私はお座なりだった。二回とも、令子は髪をあげ、しっかりとシャワーキャップを被る。さりげないが、かなり手間のかかったヘアスタイルらしく、洗髪も四日に一度だと言っていた。

「靴でも、買いに行くか？」

「バッグの方がいいな、あたし」

シャワーを使ったあとも、令子はバスタオルを躰に巻いて、煙草などを喫っている。それから化粧をはじめ、髪を整え直し、ホテルを出る寸前にようやく服を着る。

令子には、時々服や靴を買ってやるだけだった。それも、あまり高価なものを欲しがるわけではない。外を歩く時、腕にしがみついてくるのには閉口するが、父娘に見えないこともないだろうと勝手に考えて、やめさせることはしなかった。

「おまえ、若い恋人でもできないのか？」

「あっ、先生、あたしと別れたがってる」

「そういうことじゃなく、若い恋人がいるのが自然だろう。そして、もの足りないから、ちょっとばかり俺と付き合う」

「あたしが、そんな女だと思ってるんだ、先生」

「思っちゃいない。時々、そうじゃないかと、不安になるだけだ」

「安心してよ。先生以外の人と、手をつないだりもしないから」

媚（こび）というものは、少女のころから間違いなく誰でも持っている。私は、そう思っていた。それを、どう表現するかで、男にとっていい女かどうか決まる。

「おまえ、ほんとに俺ひとりなんだな」

「当たり前でしょ。これ以上言ったら、あたし怒るからね」

「わかった。おじさん、本気になっちまうぞ」

「本気になると、どうなる？」

いままでは本気ではなかったのか、という返しはこない。そんなところでも底が見えてくる。私は、ただ笑っていた。

「ねえ、どうなるのよ？」

「おじさんが本気になったら、そりゃ恐いさ。どこか誰も知ってるやつがいない外国に連れていって、家に閉じこめておくね。見張り役のお手伝いさんなんか雇ってさ」

「それ、いいな。あたし、外国には行ったことないし、お手伝いさんていうのも、見たことないし」

「とにかく、おまえ、ほかに男はいないんだな？」

「二十一になったばかりよ、あたし」

「そうだった」

別れ際に、私はタクシーの中で令子の躰を抱きすくめる。

「くすぐったいよお」

耳に鼻を近づけると、令子が身もだえする。

かすかな香りがあった。

私が、馴れ親しんだ香りである。髪には、香りがつきやすい。

モンテクリストの香り。私は令子と会って、その日は葉巻を喫っていなかった。

やるじゃないか。男の小道具がわかったみたいだな。
何ヵ月ぶりかに、私は無器用に葉巻を喫っていた若者を思い出した。

燐光

1

赤潮が入ってきた。

私がしばしば錨泊(びょうはく)する、深い湾である。

赤潮は、プランクトンの屍骸(しがい)だ、と言われていた。外洋を航行中にも、帯状になった赤潮に遭遇することがあり、突っ切るとピンク色の飛沫があがる。なぜプランクトンが死ぬのかは、正確には知らない。繁殖しすぎて、酸素不足になるのだと、船の仲間が言っていたことがある。いくらか皮肉な感じのするその説が、私は嫌いではなかった。

ひとりである。航行するよりも、錨泊を私は選んだ。エンジンを停めると、舷側を打つ波の音しか聞えない。清水は満タンにしてあり、シャワーなら三日は使えるし、冷蔵庫にもやはり三日分の食料がある。

一日に三時間、発電機を作動させ、バッテリーにチャージする。それ以外は、温水器を使う時と、料理をする時だけ、発電機を動かせば充分だった。

狭い空間に閉じこめられたまま、静かな時の流れの中にいる。そこで、なにをしているわけでもなかった。以前は、本を読もうとしたりしてみたが、頁を繰る前に放り出してしまう。無論、なにかを書こうなどという気が起きるわけはなく、そういうものも持ちこんでいない。

　食事を作る以外に、なにもしない。海の上にいるのに、釣りさえもしない。私はただ、そういう時を過しているだけだった。

　赤潮は、帯状に湾に入ってくると、少しずつ打ち寄せられるように、岸の方へ集まっていった。赤い大蛇の群れが、潮の流れに抵抗しているようにも見える。やがては、湾を赤い色が縁どったようになるのだった。

　去年のいまごろも、赤潮が発生していた。去年のものは大規模で、養殖などに被害があったという情報が流れていた。だからトローリングではずっと沖へ出て、湾で錨泊することなどしなかったのだ。

　後部甲板のファイティングチェアに、私は腰を降ろした。船の上では、あまり煙草も喫わない。煙が風に吹き飛ばされると、味がほとんどしないという気分になるのだ。だから、食事のあとにキャビンで葉巻を喫う。キャビンには、煙が充満していない時も、葉巻の香りはいつも漂っていた。

　ぼんやりと、自分の人生がどれほど残っているのか、考えた。十年なのか、二十年なのか、それともまだ三十年はあるのか。

健康だと、自分では思っていた。家人の強い希望で入る人間ドックでは、成人病の兆しがいろいろ出ている。数値が黄色い信号を出しているというだけで、自覚症状がなにかあるわけではなかった。

それでも、友人は時々死んだ。次々にというほどではないが、早い連中はそろそろなのだ、という気分に訃報を聞くたびに襲われる。今年、どれほどの葬儀に出たのか、私は指を折って数えた。年長の死者が圧倒的に多いが、三人、高校と大学の同級生が混じっていた。

そんなことをしている自分が、滑稽になった。同じようなことをしている者がいて、いつかはその中に私も入っているのだろう。生きている人間の数に較べると、死者の数のなんと多いことか。なにかの舞台で聞いた科白だった。その芝居がなんなのか思い出せず、科白だけが思い浮かんでくる。

湾の奥が漁港になっていて、船が通るたびに、引き波でかなり大きく揺れる。私はうとうととしていたが、その揺れのたびに眼を開き、自分が船上にいるのだということを確かめた。錨を打った船は、必ず船首を風の方向にむけるから、後部甲板にいるかぎり、風は遮られて、空気の動きはほとんどない。

いつの間にか、眠った。

眼醒めたのは夕方で、私は発電機を作動させ、温水器のスイッチも入れた。冷蔵庫から、充分にエイジングをした肉を取り出す。一キロ以上あり、それを三百グラムほど切り取って、塩を擦りつけた。黒胡椒は、いつも焼きあげてから使う。パンを用意し、すでに洗ってある野菜を容器に少し出した。パンと肉と野菜と酒。錨泊している間の夕食は、いつも変らない。調味料やスパイスを、ちょっと変えるだけだ。

それだけ準備をすると、私は温水がある程度できあがっているのを確認し、裸になってシャワールームに入った。船では、清水は貴重品である。全身に湯をかけるとシャワーを止め、ボディーソープで全身を洗い、それから手早く泡を洗い流す。バスタオルで全身を拭い、新しい下着に替えた。こうしているかぎり、船上でも塩で全身がベタつくことはない。

キャビンの明りを点けた。停泊灯のスイッチも入れる。それから、肉の具合を確かめ、電磁プレートをオンにした。

フライパンを出す。テーブルにナイフとフォークを準備する。それから、缶ビールを飲んだ。食事をはじめると、ラムにする。揺れる船では、ワインはやめておいた方がいい。

フライパンを温め、油をなじませた。私の肉の焼き方は、低温である。しかもミディアムレアぐらいに焼こうとするから、ある程度の時間はかかった。肉のエイジングが完璧にできていないと、中まで焼けてしまう部分が出る。肉料理は一週間前からはじまると、料理人の友人に教えられた。

フライパンが温まると、電磁プレートからちょっとずらし、はずれた部分に肉を載せた。肉の間に脂が稠密に入り、ピンク色にしか見えないサーロインである。こういう肉は、医師に禁じられていた。食べてもせいぜい百グラム。そう言われているものを、船上の夕食で私は三百グラム平らげる。場合によっては、四百グラムに達することもあった。

自分の命を、食い荒らす。そんな自虐的な気分が、どこかに漂っている。

肉の焼ける匂いが、食欲を刺激した。私はラムを、レモンを搾りこんだ水で割った。少しずつ、飲む。慌てなくても、飲む時間だけは、たっぷりあるのだ。

肉が焼けた。私は電磁プレートのスイッチを切り、ハッチを開けてキャビンの空気を入れ換え、肉にむき合った。黒胡椒をかけ、それから特製のソースをまぶす。

肉の真中に、ナイフを入れた。思った通りの焼け方をしていた。エイジングがしてあると、肉汁すらもあまり出ない。血の滴るステーキなど、私にとっては邪道もいいところだった。

口に入れたいのを、我慢した。まず、パンである。それによって、舌の水分が取れる。味覚は、格段に鋭くなるのだ。ワインのテイスティングの時も、私はこれをやる。

舌が、乾いた感じになった。肉をひと切れ、私は口に入れ、一度嚙むと眼を閉じた。

2

全身泡だらけで風呂からあがり、洗い流すこともせずバスローブを着る。洋画で、そんな場面を見るたびに、なんという野蛮なことをするのだ、と思っていた。石鹸（せっけん）がついたままの躰である。かぶれたりすることも、あるに違いない。

あれが石鹸ではなく、バブルバスと呼ばれる入浴剤の一種だと知ったのは、いつごろだっただろうか。

三十代のはじめのころ、ビジネスホテルの小さな浴槽で、石鹸を丸ごとひとつ溶かしてしまったことがある。あのころは、石鹸だと思いこんでいたのだろう。

葉巻を出し、吸口をカットして、専用のライターで火をつけた。

発電機は止めてあるので、聞えるのは舷側に当たる波の音だけである。陸上のもの音も聞えているのだろうが、それが海上では意識をこらさないかぎり、認識しにくいのだ。海の上とは、そういうものだった。

バブルバスを、時々使う。ホテルで仕事をする時など、備えつけのものがあったりするのだ。それを二つ三つ失敬して、山小屋などに持っていく。

ふんだんに使うと、泡は実に盛大である。浴槽を覆い、そこに入っていると、全身がすっぽり隠れてしまう。ひとりきりの時、そんな遊びをしたくなることが、稀にあった。葉巻の煙を吐く。

モンテクリストというハバナ産の、スピンドルタイプというものである。吸口の方が円錐状になっていて、フラットにカットすると、その場所によって、吸口の大きさが変えられるのである。これを、私は好んでいた。

葉巻はそこそこ高価であり、なぜそんなものを喫うのか問われた時に、煙になって消えてしまうからだと、気障な答えをしたことがある。あながち、本心からはずれてもいなかった。

葉巻に凝りはじめたのは、十数年前からで、そのころは流行とは無縁だった。ニューヨークあたりで嫌煙の運動が盛りあがり、その反動のように、シガーバーが増えた。日本のシガーバーは、その真似である。ただ、日本ではハバナ産が手に入った。アメリカはまだキューバと対立を続けていて、キューバ製品はすべて禁輪となっている。バゲージにひそませたハバナ産を、マンハッタンあたりで喫っていると、香りを嗅ぎつける好事家もいて、禁輪がいつ解除になるのだろう、という話に必ずなる。同じように作っても、ハバナ産と同質のものはできない。キューバ島の中でさえそうで、できるのは島の西側にかぎられていた。キューバ産と言わず、ハバナ産と呼んで珍重するのも、そういうところに理由があるのだ。

葉巻の煙を吐いている時、私はいつも脈絡のないことを頭に浮かべる。料理のレシピであったり、ルアーの作り方であったり、スポーツ選手の成績であったり、数日後の約束のことだったりする。

なぜか、古いことと、苦しいことは浮かんでこない。これが、葉巻ではなく、紙巻きを喫いながら酒を飲んでいると、別れた女のことや、すでに失ってしまったもの、これからやらなければならない仕事、肚に据えかねる人間のことなどが、頭に浮かんできたりするのだ。

そういう意味では、精神衛生には非常によく、私が葉巻を好む理由も、そういうところにあるのかもしれなかった。

葉巻の灰は、二センチぐらいになってから落とす。これがハバナ産でないと、なぜか一センチで落ちたりするが、ハバナ産は三センチでも滅多に落ちない。灰は、まんべんなく葉を燃やす役割りをしているようだ。だから、灰を落とした直後は、片燃えをさせないために、あまり強く喫わないようにしていた。

長いもので、ゆったりと喫っていると、一時間半はかかる。その間に酒も入っているから、喫い終えたころは適度に酔っていた。

自分が書く小説が、煙草の煙のようなものだ、と思ったことがある。火をつけたら消しにくいが、喫い終ると忘れてしまう。せめて、葉巻のような小説を書こうと、殊勝に考えたりしたこともあるのだ。

いまは、そんなことは考えない。書ければ、それでいいと思う。紙巻きなのか葉巻なのか、どちらの読み方をするかは、読者の自由と思えるようになった。

短くなった葉巻を、私は灰皿に置いた。船の灰皿は、据えつけるものか、砂袋のようなものに覆われて、あまり跳ねたりしないものが使われる。

置いておけば、葉巻は自然に消えるのだった。揉み消す必要などはない。

私は、ラムをブリキのカップに注ぎ、そのままレモン水で割った。船で不自由するのは、氷である。一日だと板氷などを買っておくが、何日も乗ろうと思うと、それは解ける。冷蔵庫の製氷能力は中途半端なもので、途中でなくなるより、はじめから作らないようにしていた。

カップを、呷った。

こんな飲み方をするのは、かなり酔った兆候である。その自覚のある間に、私は飲むのをやめることにしていた。

今夜は、葉巻と酒の按配がうまくいった。

私はトイレで放尿し、ポンプで吸いあげた海水で流した。

寝る前に、デッキに出た。錨索の点検は、習慣になっている。きちんとクリートにかかっているかどうか。錨が効いているかどうか。うまく効いていないと、錨を引き摺りながら船は流れていく。

私は船首へ出、錨索の点検をいつも通りにし、空を見あげた。酔っているので、すぐには月が見つからない。

下弦だったが、かなり円に近い月だ。雲は少ないし、風もなかった。

船尾に回った時、私は船の異変に気づいた。船の異変というより、海の異変と言った方がいいだろう。

船の周囲の海面に、青白い炎のようなものがあるのだ。特に船体に当たる海面で、それは生きもののように明滅している。

夜光虫だった。

誰もがそれを夜光虫というが、生きた虫がいるのかどうか、私は疑問だと思っていた。波間で、時々きらりと光るもの。それは夜光虫だが、こんなふうに炎が燃えているように見えるのが、夜光虫とは私には思えなかった。

プランクトンの屍骸が赤潮になり、なにかの具合で、それが熱もなく燃える。それで波が、青白い炎を発しているという気がしてならないのだ。

しかしそれも、夜光虫と呼んでもいいのかもしれなかった。完全燃焼をしているガスが、もっとゆったりした動きをしている。そんなふうな色だった。海が発する光があれば、それは夜光虫と人に呼ばれるだろう。

昼間は、赤潮で決してきれいだとは言えないが、夜に光を発すると、さすがに幻想的である。はじめて眼にする者は、感動さえしている。

私は、ファイティングチェアに、腰を降ろした。肘かけのところが、塩でかすかにべトついている。

船は、青白い炎に包まれたままだ。潮が満ちるまで、それは続くのだろう。新しい海水が入ってくると、あっさり消える。

死んだ海が放つ光。悪くはなかった。光り方にも、いろいろある。

このまま、椅子に座って寝てしまうかもしれない。私は、青白い光を眺めながら、ぼんやりそんなことを考えていた。

解　説

吉田伸子

北方氏の現時点での代表作が「大水滸伝」シリーズであることは、誰もが認めるところだろう。何しろ、『水滸伝』全十九巻、『楊令伝』全十五巻、『岳飛伝』全十七巻、計五十一巻という圧倒的なボリュームに加え、『水滸伝』では第九回司馬遼太郎賞を、『楊令伝』では第六五回毎日出版文化賞特別賞を、そして『岳飛伝』では、第六四回菊池寛賞を受賞しているのである。まさに、偉業と呼ぶに相応しい壮大なシリーズだ。

北方氏には他にも全十冊の「ブラディ・ドール」シリーズや、全十三巻の『三国志』があり、「大水滸伝」シリーズとあいまって、北方氏イコール長編作家、というイメージを抱いている読者も多いのでは、と思う。でも、それはあくまでも、作家・北方謙三の〝一つの顔〟に過ぎない。北方氏の別の顔、それが短編作家としての氏の顔である。

「大水滸伝」シリーズを読まれた方なら分かっていただけるのでは、と思うのだが、全五十一巻と、トータルすると長大な物語ではあるのだが、北方氏の物語は素晴らしく

″キレ″る。だから、どんなに長大な物語であっても、読んでいてダレることがない。たとえて言うなら、フルマラソンを八〇〇メートル走のスピードで走る感じ、とでも言えばいいだろうか。どうすれば、そういうことが可能なのか。そのことがずっと気になっていた。

折しも、今年（二〇一七年）、集英社文庫が創刊四十周年を迎え、「青春と読書」が記念号を編んだ際、北方氏へのインタビューをさせていただく機会があった。テーマは「長編を書くということ」だったのだが、話の流れで短編を書くことに言及したくだりがある。以下は、その記念号からの抜粋である。

「長編を書き始める前に、短編を書きます。十五枚の短編というのは、書くのが相当難しい。長編には、どこか力技で挑んでいく、というところがあるんですが、短編はまた別ものなんです」

「長編と短編の（執筆方法の）違いというのは、よく聞かれることなのですが、自分では考えたことがないから、わからないんですよ。ただ一つ言えるのは、短編のほうが、長編よりも遥かに言葉が厳密になります」

「（言葉を）削いで、削いで、長編なら三つ言葉が使えるところを、短編ではただ一つの最適な言葉を見つけようとします。ただただひたすらに、言葉を選ぶ。十五枚しかないわけだから、探して探して、探し尽くして一つの言葉を見つけます。だから、短編のほうが、実は時間がかかるんです。ただ、そうやって言葉を探し尽くして短編を書くことによって、言葉を三つ使って書いていた長編が、二つの言葉で書けるようになる。そうすると、長編の文体がぐっと締まってくるんです。なので、新しく長編を始める前には短編を書くことにしています」

この、「長編の文体がぐっと締まってくる」というのが、〝キレ〟につながっているのだ。北方氏ほどの作家でさえ、そうやって自身を律しているということに、驚きを覚えつつ感動したことを覚えている。

そして、本書『コースアゲイン』は、実際に新しく長編を始める前に書かれたものだ、と北方氏は語った。

「あれ（『コースアゲイン』）は、十五枚できっちりと一つの世界を作ることに挑戦した短編集です。失敗してもいいので、とにかく十五枚で書く、と」

「短編というのは、エッセイとは違って、表現者として書く必要のあるものだと思っています。表現者というのは、いつだって、どんな状況であれ、表現する腕を磨き上げていくしかないんです」

北方氏のこの言葉は、作家としての氏の覚悟だ。なんと壮絶で、なんと美しい覚悟だろう、と思う。この言葉を頭に置いて本書を読むと、個々の物語の向こうに、一人の作家の魂が見えてくるような気がする。

本書には二十編の短編が収められているのだが、どの短編も贅肉というものが一切ない。まさに、「削いで、削いで」見つけられた言葉で書かれているからである。

全ての短編の主人公は壮年の作家である。「私」という一人称で語られる物語は、私小説のようでもあるが、私小説に見せかけて、実は普遍的なテーマを描いたものだ。そこにあるのは、海であり、船であり、酒であり、友であり、女である。

何度読んでも、心の奥がぐっ、となるのは、「爪」と題された一編だ。二年以上親しんだ女との別れ。別れの場を、敢えて自分の部屋ではなく、カフェのオープンテラスにしたのは、女の最後のプライドだった。「恨み言のひとつも、俺に言おうとは思わんのか?」と問われ、女はこう答える。「それを言わないために、ここね。人の耳があるでしょ。そして、泣かないためにも。あたし、見栄っ張りだから」

女の部屋の鍵をキーケースから外そうとすると、その鍵が他のキーと触れ合って音を立てる。「未練が音を立てている、という気分に、私は一瞬襲われた」

この一文を書くまで、どれだけの言葉が削ぎ落されたのだろう、と思う。キーケースの鍵の音に、自分の未練を見てしまう男。けれど、その未練は、その女が特別だったからというわけでもない。特別だった一瞬は確かにあったかもしれないが、それは文字どおり一瞬のことだ、と男は知っている。女から別れを切り出されたことだけが、男の意表を突いただけで、おそらく、そのことで男はほんの少しだけ傷ついたのだ。自分には傷つく資格がない、と知りつつも。

この短編は、女と別れるまでと女と別れた後、学生時代の友人と食事をし、その後銀座の店で飲みなおす、という二部構成になっているのだが、その二つを繋ぐキーワードが「爪」だ。銀座の店の女の爪を見ながら、私が思うのは、夕方別れた女の爪である。自分に別れを告げた、「かたちはきれい」な、「マニキュアは、滅多にしない」女の、爪。別れ際に際立った女の意気地と、その女にさえ執着できない男の、束の間の未練。何度読んでも、巧さに唸る一編だ。

本書はもう何度読んだか分からないのだが、読むたびに惹かれる短編が変わる。個人的なベスト3のうち二編は、先にあげた「爪」と、大物のヒラメを釣り、それを捌いて食べ、その後友人の通夜に出向いて帰宅するまでを描いた「ヒラメ」なのだが、もう一編は、読むたびに変わる。ある時は、ほぼ十年ぶりに会った女と食事をし、その後、シヨットバーで飲んで、女が店から出て行くまでを描いた「過去の音」だったり、またある時は、余命数カ月の友人を見舞いに行く「晴れた日」だったりする。

この原稿を書くために、今回読み直した時、心に引っかかってきたのは、「高速道路」だった。峠道で、スカイラインGT—Rに乗った、いわゆる〝走り屋〟の青年に仕掛けられ、〝私〟は、青年とドライブテクニックを競う。その最中、不意に飛び出して来る鹿。〝私〟とその青年は、かろうじて事故を免れる。双方とも車を降りてしばし言葉を交わすのだが、その青年がマセラッティを「マゼラーティ」と発音したことから、〝私〟は「ポルシェをポーシェと発音した女の子」を思い出す。彼女もまた、マゼラーティと発音したのである。

三度ほど関係したその女の子の「運転はよく憶えているのに、躰の方はどうしても思い出せなかった」という短い一文に、〝私〟という男の人となりが全て込められていて、その巧さにぞくりとしたのだ。

GT—Rとのバトルの後も、フェラーリのテスタロッサからパッシングをされ、仕掛けられるのだが、〝私〟は大人しく車線を左に移してやり過ごす。この短編のラスト二行は、「雨の夜の高速道路。／しかし私は、晴れた陽の光の中を走っていた。」心憎いほど、粋な結び方ではないか。

本書が単行本として刊行されたのは二〇〇二年。文庫化されたのはその三年後で、その時から数えても既に十年以上は経っているというのに、物語が少しも古びていないことに驚く。古びていないどころか、何度読んでも、読むたびに違った顔を見せてくれる。

それこそが、本書の味なのだと思う。
物語巧者が、選び抜いた言葉で紡いだ二十編の物語。どうか、心ゆくまで味わっていただきたい。

（よしだ・のぶこ　文芸評論家）

集英社文庫

コースアゲイン

2017年9月25日　第1刷　　定価はカバーに表示してあります。

著　者　北方謙三（きたかたけんぞう）

発行者　村田登志江

発行所　株式会社　集英社
東京都千代田区一ツ橋2-5-10　〒101-8050
電話　【編集部】03-3230-6095
【読者係】03-3230-6080
【販売部】03-3230-6393（書店専用）

印　刷　大日本印刷株式会社

製　本　大日本印刷株式会社

フォーマットデザイン　アリヤマデザインストア　　マークデザイン　居山浩二

ISBN978-4-08-745633-2 C0193